筆下

文學經典的六個專題

葛亮 著

中華書局

目錄

第二章　過去時態中的小說文本

第三章　關於「物」的四種勾勒方式

第四章　每座城市的文字明信片

第五章　文學時空與太虛幻境

自序

迄今為止，在大學裏教授小說創作已逾十年。每於首堂課，我會引用韓少功先生在一次演講中的發言。他說：寫作是不可教的。

由是而觀，文學寫作是一種很難被量化傳授的技藝。確乎如此，我們常說「文無第一，武無第二」，同樣，文學作為藝術的一種，並非以精準取勝的門類。其沒有明確的成功座標與準繩，更多依賴於閱讀者的感受與判斷。當我們評論一部文學作品的時候，我們不可能對其文本進行單純的技術考量。如若不然，只會導致後學者對經典作品的學習，陷入類似模仿的境地。將注意力聚焦於作品的類型化特點，模仿者隨之失去了更為寶貴的東西，即作為藝術主體的個性，使其此後創作流於「匠氣」。而「匠氣」，也是保持藝術生命獨特性的大忌。齊白石說「學我者生，似我者死」，足見真正可學的，應是藝術的感覺與靈韻。

但技術仍是重要的，這是我們成為好的寫作者的前提，而不是全部。在此前提之上，實現對文字的駕馭能力，達至一種寫作的自由，才是我們應關注的重點。

獲得這種自由並不容易，首先需明確寫作這種行為對於作者的意義。卡夫卡（Franz Kafka）曾將寫作喻作「紙牢」，可見其作為雙刃劍的性質：一方面，作品是作者存在的唯一證據；因為有了寫作的行為，才有了後者的身份；另一方面，他亦將寫作的桌子比作巨盜普洛克路斯忒斯（Procrustes）的鐵床，因其必受扭曲與拉伸之苦。這一比喻其實表現了寫作者的基本困境，必須依靠寫作來證明存在，但寫作的過程似乎也正在對現實世界進行扭曲。

我們都聽過一句話，叫「戴着腳鐐跳舞」，更早是由美國文學評論家布里斯．佩里（Bliss Perry）教授提出。而我們更為熟悉的，是聞一多在闡發新詩的一篇文章〈詩的格律〉中所談及「樂意戴着腳鐐跳舞」，表示願去接受藝術格律的束縛。當我們將一切關於技術的元素統稱為「格律」，我們會發現，實際上「格律」才是真正達到自由的基礎。語言文字有一種內在的規律，使得我們對文學乃至小說的審美觸類旁通、舉一反三。在這種通與變的過程中，我們也逐漸樹立起了自己的觀念。當然，這一切都需要一個基石，即要有足夠的藝術自覺與警覺。

而我們所說寫作的能力，也必然指向通過技巧達到一種更自由的境界。這涉乎小說這種文體的獨特，事實上，在各種文體中，小說的確是一種更為趨向自由的文體。昆德拉說：「小說的歷史是不存在的（統一持續的演進）。只有小說的諸史：中國小說的、希臘—羅馬的、日本的、中世紀的。」這是從橫向的角度梳理，世界範圍內小說的來源紛呈。而回到縱向一脈，中國小說昔稱「稗說」，更是隱含的無盡的開放姿態。所以，就這種文體進行全方位的歸納與解讀，在相對較短的週期內，或許難盡其意。而就其可行性而言，對技術元素的提取，更有助於尋找這種文體內在的規律。因此我曾在課程中設「開首、人物、情節、主題、敘事角度、情境、腔調、懸念」等一系列專題。並開列相關中外短篇小說名作，作為樣本，在課堂上和學生進行剖析與講解。但我始終感到遺憾的是，因為課程時間有限，難以就某些作家的文學經典之作，與學生在內容意蘊、審美意趣乃至更為微妙的人物及時代之互動關聯的角度，作出鉅細靡遺的闡發。

我想，這本《筆下——文學經典的六個專題》，從某種意義上彌補了這種遺憾。因為它帶來了相對廣闊的空間，就我經年精讀的文學佳作進行更為深入而全面的論析，且致力於通過解讀，挖掘其在某一主題上的共性，並釐清其相異的表現手法，在各自的創作語境中所展示的紛呈的可能性。如「第一章　作家們的少年敘事」，我選取了塞林格、麥克尤恩、莫迪亞諾、奈保爾和太宰治五位小說家的代表作。少年時期大約是作家創作歷程中永遠的心理原鄉，換言之，可視為其對應於寫作人格的文字鏡像。以此主題為切片，可管窺作家的整體創作軌跡，也可對其敘述方式、美學品性乃至文字風格作出相應的認識。因應於各自的成長，所處的歷史斷代與社會環境，甚至地域與民俗背景，幾位小說家對「少年」意象各自作出了獨具一格的文學詮釋。諸章如是，在此不一一贅述。而深入文本，對其作出與之相關的剖析，也正是此書致力的重心。

最後，感謝我的出版方中華書局提供了一個機會，讓我得以與我的讀者就心目中的文學經典進行恰如其分的分享與交流。閱讀永遠是美好的事情。及至今日，我們仍要向這些作家致敬，因他們筆下有光，照亮前路。

寫於庚子年夏

第一章　作家們的少年敘事

一、二掌相擊，何若孤手拍之

——J.D. 塞林格《九故事》

塞林格（J. D. Salinger）百年誕辰之際，重讀《九故事》（*Nine Stories*），似有特別之意。

《麥田裏的守望者》（*The Catcher in the Rye*）出版之後，塞林格深為名氣所累，已厭倦公眾對他的解讀和窺探（這一原則甚而貫徹於他身後，作為忠實的擁躉，村上春樹在翻譯了《麥田》一書後，親筆寫下序言，作為對日本讀者的導讀，但這一序言卻被塞林格的遺產執行人拒絕）。一九五三年，他從紐約的公寓搬到了新罕布什爾的鄉間宅子，開始躲避世人。《九故事》正出版於這一年。

其實是一些被世界所傷的孤獨成人，與不期而遇的孩子惺惺相惜，尋找救贖但卻最終未能突圍而出的故事。這本書起筆於〈逮香蕉魚的最佳日子〉（"A Perfect Day for Bananafish"），是塞林格終生致力的格拉斯（Glass）家族系列的一部分。小說由一個信馬由韁的電話開始，不耐煩而世俗的女子，對她的母親談論自己的丈夫。丈夫名叫西蒙，是格拉斯家族中的長兄。在小說中是個面目蒼白的年輕人，躺在海灘上，無所事事，甚至懶得脫下自己的浴袍。在妻子與岳母的對話中，可以知道他來自於一場剛結束的戰爭。無從窺探他的內心，但塞林格的字裏行間，已足夠體會其難以言狀的孤獨。這篇被納博科夫擊節為「最偉大的小說」的作品，有着成熟且柔韌的結構。它並不嚴密，但全篇讀將下來，卻呈現出某種「嘈嘈切切錯雜彈」的美感。其中經典的情節，莫過於西蒙與小女孩西比爾的偶遇，談及香蕉魚（bananafish）。這是一種塞林格自創的魚類，一種鑽到洞裏吃飽了就出不來的魚，是西蒙的自況。在周遭慾望的膨脹終點走向毀滅，是其解脫孤獨的唯一出路。但塞林格的筆調，如村上所評述，清明溫暖。對話如淡雲閣雨，讓人忘卻其基底，其實是一個士兵精神重創後無法逆流而上，再難回復現實的困境。

「I cannot beat it.」多年後，當在一部叫做《海邊的曼徹斯特》（*Manchester by the Sea*）的電影中聽到主人公的這句台詞，怦然想起塞林格。似乎終於發現了這篇小說的關節。一如電影中落寞日常的中年男人李・錢德勒（Lee Chandler）。他平淡而略帶詩意地活着，前提是無人觸及他內心的隱痛。他沒有接受周遭親友的拯救，而選擇了未與過去的自己和解。塞林格為西蒙選擇歸宿，只為說明，人生終極的意義，不只於等待救贖。

「只要我有時間，只要我能找到一個空着的戰壕，我都一直在寫。」塞林格本人參加過諾曼第登陸與猶他海灘戰役，寫作對於他是某種與戰爭並行的常態。一台便攜式打字機伴隨他經歷了二戰。在硝煙中，他寫下了《麥田裏的守望者》。戰後，他主動要求住院治療，期間赴巴黎拜訪海明威。

〈為埃斯米而作〉是解讀塞林格這段生活的密碼，或可視為自傳，也是《九故事》中最為療癒的作品。全文分兩部分，作者在過渡段落寫道：「我仍然在故事裏，不過從現在起，為了某種我無權公開的原因，我已把自己偽裝得很巧妙，連最最聰明的讀者也難以辨認出來。」這是刻意的躲藏，又有一種令人疼惜的欲蓋彌彰。在英國受訓的軍士X，戰爭期間心似餘燼。他在茶室邂逅了教養良好的女孩埃斯米，當後者向他展現了一個「很小而矜持的笑容」，這「淺淺的、含蓄的笑讓人覺得特別溫暖」。女孩靠近X，因為捕捉到了他同樣孤獨，「有一張極其敏感的臉」。在交談中，他了解女孩出身高貴，卻父母雙亡，她手上戴着的龐大的軍用手錶是父親的遺物。在臨別時女孩提出要給他寫信，請求他為自己寫一個「淒楚的故事」。下半部分筆鋒一轉，便是「我」為埃斯米寫下的故事。X收到女孩的包裹與信件，其中是已經在郵寄過程中震碎的女孩父親的手錶，女孩希望能為這個萍水相逢的士兵，提供一件「護身符」。在小說的結尾，作者寫道：「只要一個人有了真正的睡意，埃斯米啊，那麼他總又希望能夠重新成為一個——一個身心健康如初的人。」《九故事》的開首，塞林格寫下一則禪宗公案，「吾人知悉二掌相擊之聲，然則獨手拍之音又何若？」。事實上，〈為埃斯米而作〉恰為答案。一個在戰爭中身心俱疲的士兵，和一個有着與年齡不相稱老成的貴族少女，他們如獨手各自擊拍，崆峒有聲。在眾聲喧嘩的時日深處，終見迴響，猶如彼此合掌。在小說中，埃斯米的弟弟查爾斯，那個不斷浮現的謎語，是基調喜劇的隱喻，一堵牆對另一堵牆說甚麼，答案是，「牆角見」。孤獨、封閉而冰冷的磚石，尚有匯聚之時，何況是企圖互相取暖的人性。這小說中，可見處處是一種微小的愉悅，在瓦解着故事本身淒楚的底裏。

一九四九年，十四歲的簡・米勒（Jean Miller）在佛羅里達戴托納海灘遇見了三十歲的塞林格。二〇一四年，簡回憶了她與塞林格的相遇和交往。這短暫的十數天，塞林格邀請簡午後一起去海灘散步，他護送着這個女孩踱到碼頭。「他的左肩永遠在我身後向着我，塞林格傾聽的樣子就好像你是全世界最重要的人一樣。」塞林格的女兒瑪格麗特在傳記中寫道：「他生命中一系列非常年輕的女性其實是他自身願望的投射，或是他創造出來的角色，因為未經世事時，你感到迷惘、不安全，很容易成為別人希望你成為的人。」

可見，〈為埃斯米而作〉是整本《九故事》的題眼，是一個疲憊而內心破碎的成人，浸潤於孩童的內心，溫暖的滌清。孩子如真實而脆弱的精靈，塞林格如此認真地寫孤獨的相遇，也寫成人與孩童之間的封閉與打開。〈威格利大叔在康涅狄格州〉由兩個昔日女友喝酒聊天開始。被造訪者埃洛伊斯是一位家庭主婦，但她在女友看來生硬而難伺候，終日怨天尤人。「整幢房子一股橘子汁的氣味」也令她生厭。埃洛伊斯因為久前去世的戀人耿耿於懷，在點滴回憶中打發終日，無法融入正常的家庭生活；這給女兒拉蒙娜帶來巨大的心靈陰影，出現了嚴重自閉傾向。拉蒙娜因逃避現實，給自己構築了想像出來的生活壁壘，創造了一個不存在的小夥伴「吉米」。而她的母親卻因為無法進入女兒的內心歇斯底里。〈下到小船裏〉同樣寫一個受到情感重創的孩子。四歲的男孩萊昂內爾也是個孤僻又自閉的孩子，兩個庸俗的女僕對他父親的隨意談論與惡意評價，輕易地傷了他的心；就像面對以往任何傷害一樣，他選擇了躲藏，而他賴以逃避的空間是一艘小船。然而幸運的是，他的母親波波，以耐心與善解人意進入了他的世界，幫助他與自己和解，為他擺渡回現實中來。在故事的結尾，「他們不是慢慢走回家去的，他們來了一次賽跑。萊昂內爾贏了」。

《九故事》的實質，或許是一場對話，發生在成人的焦慮與浮躁和孩童的天真之間。彼此有着微妙的感應與隔閡，甚而依賴。換一個角度，或許也是塞林格面對自我的對話，與過去和微不足道的周遭。這本書的末篇〈特迪〉是塞林格對於孩子最忠誠而動情的崇拜幻影。特迪是一個可稱之為先知的孩子，具有「一種真正的美」。他與甲板上偶遇的尼可爾森（一個世俗意義上的成人）發生對話，以兩首日本謠曲開始。「蟬鳴正喧鬧，全不察覺將殞滅，即在一瞬間」，事實上，這是特迪對自己命運的預言。作為一個十歲的男孩，他有前世來生，前世「是一個在靈魂昇華上取得很大成就的人」，而且「還得再次轉世為人回到世界上來」。因他遇到一位女士，否則「可以死去，直接升為婆羅門，而不必重新回到世間來」。他稱自己六歲時眼裏一切皆是神，妹妹在喝牛奶，他看到的是「把神傾倒進神的裏面去」；他能與神共處，「那樣的境界才是真正美妙的」。

特迪的去世，或可稱為某種涅槃，也與《九故事》首篇西蒙的命運神秘地遙相呼應。塞林格借特迪之口，道出「從有限的維度中擺脫」，似乎成為了自身人生訴求的標誌。在晚年，其消弭在所有人的視線之外，執着於靈修與禪宗、吠檀多印度教，在神秘的「倭格能儲存器」裏打坐數個小時。一九五八年塞林格致信好友漢德法官：「以平和的心態與神同在，在責任的大道上義無反顧地走下去。要是神希望你繼續前行的話，祂的靈感能讓你知道。」

二、他們都是時間中的孩子
——伊恩．麥克尤恩《最初的愛情，最後的儀式》

他看她把面前的書合了起來，原來是一本英文書。他看見了書名，是麥克尤恩的《時間中的孩子》。這是本內容慘澹的書，關於一個平凡男人的失與得。她又在面前的抽屜裏悉悉索索地翻了一會兒，翻出了一串鑰匙來。

——《朱雀》

寫麥克尤恩（Ian McEwan），或許並非因為他在舊年來到了中國，也非因他對北京的霧霾作出了恰如其分的評價。我在一個偶然的機會，看到了BBC拍攝的《時間中的孩子》（*The Child In Time*），想起在十五年前，自己寫作《朱雀》的第一章：黯淡而安靜的黃昏，迷路的男主人公與女孩相遇，在那個售賣假古董的店鋪，讓女孩捧起的正是麥克尤恩的這部作品。我已回想不起為甚麼是這樣，但確定這本書關於人和自己的相處，是切題的。

若干年後，才看到這部同名影片。由「卷福」（Benedict Cumberbatch）扮演這個失神而自我重生的父親。看他拿着 iPhone 打電話，多少有些時日流轉的違和感。但是一切都還好。二〇一七年一年中，麥克尤恩有三部作品被拍成了電影，分別是《兒童法案》（*The Children Act*）、《在切瑟爾海灘上》（*On Chesil Beach*），以及這部《時間中的孩子》。在處理上，似乎都有一種奇怪的柔和與自圓其說，恰是麥氏的原作所致力跳脫的。這個英國人，有他獨特的堅硬與天馬行空，是這個現實世界的平行宇宙。所以我並不驚訝會覺得電影的處理言未盡意。

二〇一九年四月十八日在英國出版的作品 *Machines Like Me* 中，麥克尤恩將背景設定在一九八〇年代倫敦的平行世界。在這個世界中，英國輸掉了福克蘭群島戰爭，瑪格麗特．柴契爾和托尼．本恩正在展開權力鬥爭，艾倫．圖靈在人工智慧領域取得了突破性進展。在類似《高堡奇人》（*The Man in the High Castle*）設定的反烏托邦語境裏，麥克尤恩關心的仍然是人與機器的普世戀情，以及這背後令人扼腕的道德困境。說到底，仍然是一個由著而微的卡夫卡式的故事。

我很感興趣的是這次麥克尤恩的中國之行，在遲到了九年後，他看到自己中文版的處女作《最初的愛情，最後的儀式》（*First Love, Last Rites*）。他饒有興味地端詳馬卡龍藍色的卡通小人封面，說：「這個畫面太可愛了，可是與我的作品沒有絲毫關係。」不知是否出於某種市場策略，想當年，多少讀者被這個萌萌的封面所迷惑。待發現是一本惡意滿貫的小說，竟已欲罷不能。

雖然與黑白版畫風，印着鼠、鮮花與裸女的英美版書封相比，這本中文版有過於「清新」的嫌疑。但不可否認，這封面以些微刻奇的方式，揭示了這本小說的實質。那就是無處不在的、有關處理天真與惡的悖論。這本麥克尤恩在二十七歲完成，確切地說，創意寫作碩士課程（creative writing course）的畢業作品，為他贏得了「恐怖伊恩」（Ian Macabre）的稱號，也獲得了毛姆獎。然而，它卻並不具備青年作者常態的迷惘與叫囂感。正如約翰·倫納德（John Leonard）所說，麥克尤恩的腦袋裏「漆黑一片，彌漫着乙醚的氣味」。《最初》是一本令人感到絕望的書，陰冷，有着一種在手術室中的防腐藥水的氣息。少見光亮處，是一張兒童純真無辜的臉。但這張臉忽而衝你微笑，卻說不清的邪惡，令人觸目驚心。如果借用雅歌塔·克里斯多夫（Ágota

Kristóf）的書名，這本書或是一本名副其實的《惡童日記》（*Le Grand Cahier*）。

那麼讓我們感受一下這本書的氣質。〈立體幾何〉中，年輕的男主人公從祖父那裏繼承來的古董——尼科爾斯船長的陽具。「在碎玻璃和福馬林蒸騰的臭氣之間，尼科爾斯船長垂頭喪氣地橫臥在一卷日記的封皮上，疲軟灰暗，醜態畢露，由異趣珍寶變作了一具可怖的猥褻物。」（「It was only a prick in pickle.」）這隻來自十九世紀的「那話兒」，直至被主人公的妻子歇斯底里地毀壞，依然橫亙在小說的兩性關係之間。微妙加之的定義，複寫了有關物態價值的殘酷辯證。在麥克尤恩的文字中，你可感受到一種惡作劇式的煞有介事。這篇帶有博爾赫斯（Jorge Luis Borges）氣息的故事，以一個書呆子（nerd）為主人公可謂恰到好處。從祖父日記中習得的立體幾何拓撲「魔術」令結尾有了詭異的儀式感——性愛變成了一種剝離慾望的機械操作。收束於明朗的晦暗，幾乎令人意識不到這是一場明目張膽的謀殺。

〈家庭製造〉中，這種儀式感被作家設置成為了日常遊戲。我們都十分的熟悉，叫做「過家家」。這是青春騷動的男主人公，一個性早熟的男孩，對胞妹康妮佈下的誘餌。他從街談巷議中獲得的性知識，以及與朋友之間那種來自男性攀比的虛榮心，讓他急不可耐地付諸實踐，希望康妮配合他完成「爸爸媽媽做的事」，以擺脫童貞。然而，在這場可笑又笨拙的性事中，他不斷地遭受着妹妹理性的質疑及嘲諷，讓他的每一個動作都有如被評鑒的表演。主人公最後只獲得了「蚊叮似的高潮」。作者寫道：「對交合中的人類來說，這也許是已知的最淒涼的交合過程之一，它包含了謊言、欺騙、羞辱、亂倫……」而在這陰暗的母題背後，可以看到一種蒙昧的蒼涼與可悲的戲噱感，離棄了常識的道德判斷，如霧霾捲裹了去向成人世界的鴻溝。事實上，麥克尤恩對這個故事中傷感的意義內核念念不忘，在長篇小說《水泥花園》（*The Cement Garden*）中，再次觸及亂倫題材；而《在切瑟爾海灘上》，則是對「童貞」主題再一次猶如刀刻的鍛造。

〈蝴蝶〉或許是這本小說中最為鋒利的一篇。鋒利在於它有着手術刀一般的陰冷。主人公正在鋒刃上踟躕而行。其面目如此模糊，除自稱「沒有下巴」的「可疑長相」，我們似乎難以想像其確切輪廓。他的色調邊緣、啞暗，以當事人的視角說着自己罪惡的故事。而聲音的疏離，或許是小說讓人心生恐懼的來源。他用一隻子虛烏有的蝴蝶，將九歲的小女孩簡騙到郊外的河邊，猥褻後將其沉入運河溺殺。那段話是這樣的：「傻姑娘。我說，沒有蝴蝶。然後我輕輕把她抱起，盡可能輕以免弄醒她，悄悄地慢慢地把她放入運河。」這件發生在倫敦貧民窟的罪案，唯其文字溫柔而美，卻愈顯其惶惶的不安，在讀者心頭不斷膨脹。通俗地說，是一種細思極恐的敘事圈套，將人性內裏的自閉與陰鬱，一點點地在抽緊中擠壓出來，令人不得喘息。

這本小說中，迴盪着孤獨而封閉的氣息，來自麥克尤恩對空間結構近乎執着的隱喻塑造。櫥櫃、隧道、舞台、鼠洞，無不幽閉而帶有表演性。而時間節點又多是伴隨着猛烈澄澈陽光的夏日。這構成了暴烈的青春期慾望自內而外、東奔西突卻不得出逃的原始意象。而尤其令人關注的是，這些小說多是「家庭戲」的格局。其中卻帶着不可思議的模擬性——如「過家家」，正意味着原生家庭的缺失，尤其是其間母親角色的缺席。〈蝴蝶〉中的主人公冰冷地談及「我母親死的時候我躲得遠遠的，多半出於冷漠」。而更多場合，母親在小說中表現出一種異態的存在，如〈夏日裏的最後一天〉中，照管父母雙亡的「我」的胖女孩珍妮；如〈與櫥中人的對話〉將十七歲的兒子當作嬰兒餵養的「媽媽」；又如在〈偽裝〉中為去世的姐姐十歲的孩子亨利作出異性裝扮的演員敏娜。她們各自以一種極端的方式，建構着少年曲折而不尋常的成長。

由此，《最初》其實是一部尋找出路的小說。雖然這出路的盡頭往往是人生的黑洞，昭示着現實中無可挽回的落敗。如同那個六英尺高，尚將自己艱難縮進櫥櫃的男子，在成人前仍然作着困獸般的掙扎，似乎想要回到母親的子宮。「寫作這些故事的時候，我還是二十出頭的小夥子，是非常勤奮同時也非常羞澀的學生。我二十幾歲的時候，有一些事情發生了，就好像我的頭腦突然爆炸了，我開始寫作，並且愛上寫作，我頭腦裏裝着一些非常瘋狂、暴力、偏激、怪誕的事情。」那時的麥克尤恩所發生的，誰也不知道。我們只看到他筆下，是一個個如此孤寂而混沌的少年。他們在現代世界天然而原始地生活，用幽暗暴烈、密而不宣的本能的性，對抗着周遭與禁忌，堅定雕刻着獨屬於自己的惡之天真。

三、迷宮如霧，及記憶的把手

——帕特里克．莫迪亞諾《緩刑》

我喜歡的歐洲作家，有兩位叫帕特里克（Patrick），一位是德國的聚斯金德（Patrick Süskind），一位是法國的莫迪亞諾（Patrick Modiano）。兩位作家，恰都寫過以少年為題的自傳小說。聚斯金德的《夏先生的故事》（*Die Geschichte Von HerrnSommer*），寫孩童對成人世界的好奇、恐懼和悲憫，並以沉默作為成熟自我的總結。「請讓我靜一靜。」相當長的時間內，我以為那就是自己的童年寫照。

但對後者的接受，遠不及對前者有一見如故之感。讀《地平線》（*L'horizon*）、《暗店街》（*Rue des Boutiques Obscures*），我時而感到十分的疲憊。雖則莫迪亞諾筆下，也有一些「古怪的人」，但他們迅速地在主人公的記憶中過往，「從虛無中突然湧現，閃過幾道光又回到虛無中去」，「所經之處只留下一團迅疾消散的水汽」。因此被稱為「海灘人」，意為「沙子只把我們的腳印保留幾秒鐘」。有印象的是居依．羅朗，《暗店街》

裏得了健忘症的男人，為一個私家偵探工作。當他試圖在生活的細枝末節中，尋找自己遺失的記憶，面臨身世的重認，他忽而感到猶疑和惶然。這是典型的莫迪亞諾的人物，沒有清晰的面目，如同他們的人生，致力回溯與追尋，不斷地陷入纏繞與迷失。當是時，我欣賞的是筆調朗毅的作家，難以進入他霧一樣的筆觸。這霧也並不期待穿透，撥雲見日，而是愈見濃重。他的作品因而被擱置。但多年後，我讀到了這本《緩刑》（*Remise de peine*），似乎忽然懂了莫迪亞諾。

《緩刑》是一部自傳體性質的小說，十歲的帕托施是見聞的敘述者。莫迪亞諾一九四五年出生在法國的布洛涅・比揚古，德國佔領法國期間，他正居住在巴黎近郊的一棟別墅裏。莫迪亞諾開頭寫道：「這是一座二層樓的房子，正面的牆上爬滿了常青藤。……房子後面是一座梯形花園。……在花園的高處，生長着兩棵蘋果樹和一棵梨樹。」作者如攝影師，鏡頭推拉，以長鏡與空鏡交替，鉅細靡遺，一點一滴地挖掘有關舊居的周邊風物，不放過任何一處地標，孜孜構築城市地圖。別墅的「凸肚窗」、花園裏的樹、林蔭大道、遠處的城堡。莫迪亞諾似乎以此作為伏筆，進入有關童年片段的講述。這些地點，在他頭腦深處如被根系緊緊捉住，將成為記憶的把手。

莫迪亞諾對「物象」有一種極端的癡迷，在他的小說中，如此清晰地構成了生活的輪廓；而「人」反而語焉不詳、面目模糊。首先是雙親的缺席：父親在外，做着似是而非的違法生意，母親長年在國外巡迴演出，而「我和弟弟」身處於由三個與他們毫無血緣關係的女性所組成的「模擬家庭」中。四十來歲的小埃萊娜，曾經是馬戲、雜技演員，因工傷而殘疾，是一位可親但是「像鋼鐵一樣堅強」的女性；二十六歲略顯衰老的阿妮，帕托施的教母，在學校裏一直謊稱為他的母親，擁有一輛淡褐色的四馬力汽車；阿妮的母親瑪蒂爾德，喜歡叫他「幸運的傻瓜」。她們雇了一個叫白雪的姑娘，專門照顧兄弟倆。她們身份不明、行蹤神秘，但似乎表達了由衷關愛，並且以自己的社交，豐滿了「我和弟弟」的生活輪廓。包括以接待客人的方式，對男性角色的引入，如羅歇·樊尚、讓·D和安德烈·K。

這些人構築了「我」對成人世界的全部想像，並且替代了父母，構成了我和弟弟的碎片式教育。羅歇·樊尚的微笑冷漠迷惘，如覆輕霧，聲音與舉止則低沉壓抑。他對「我」有過兩次忠告，「勇敢些，帕托施」以及「說話愈少，身體愈好」。依據「我」此後的人生經歷，這些話無疑有着高屋建瓴的意義，甚至可視為某種預言。而讓·D

這個扮演過聖誕老人的男人，則教會「我」打破某種成見與禁忌。家裏的女性長輩們總是在提醒「我」的兒童身份。如當我讀着小埃萊娜買的《黑與白》畫報，被瑪蒂爾德一把奪去，聲稱「不是給你這樣年齡的人讀的」。而讓．D在和我談論讀書時，建議我讀讀「黑色小說」（noir fiction），阿妮則說「帕托施還太年輕，不能讀黑色小說」。幾天後，讓．D便給我帶了一本叫做《別碰金錢》的書。從某種意義上，這本書的書名，又可被稱為某種讖語。

嚴格意義上來說，「我和弟弟」在這些走馬燈一樣的客人中，別開生面地體驗人生的意義。不同於亨利．詹姆斯（Henry James）的《梅西所知》（*What Maisie Knew*）的主人公，依照自己的孩童邏輯去判斷與重構成人情感世界，讓我們領略「陌生化」的價值與哀涼，《緩刑》中的「我」表達出的，是有關自我記憶的斷裂與質疑。因大人們的沉默、陰冷與神秘，他們向「我」呈現的駁雜世界，只簡化為一些隻字片語，傳達着對生活的困境與不確定。因此，當我回溯「十歲」時的個人經驗，便產生了獨一無二的焦灼，進而蔓延為成人之後的對記憶的尋找與不自信。在小說中，這種自我質疑反覆出現：「她們真的是母女嗎？」、「人們能責怪我們甚麼呢？」、「這是同一個日子嗎？」。

因此，《緩刑》中可讀出莫迪亞諾獨特的「物化蒼涼」。對人的模糊與不確定會進一步強化主人公對「物」的珍視。比如他自始至終珍藏着阿妮送他的栗色鱷魚皮香煙盒，總是把它放在夠得到的地方。「有的東西一不小心就會從你的生活中消失，但是這個香煙盒依然忠於我。」為了讓這個香煙盒免於受富家子弟的覬覦，「我」不惜故意違反校規以求被校方開除。這隻煙盒成為了某種憑據，「我」時常從各個角度凝視它，在睡覺前檢查一遍它的存在——那是「我」生活中一個不能對任何人說的階段的唯一證明。在二十五歲時，因他人告知，主人公才知道這個香煙盒是一次盜竊案的贓物，而案犯中不少人「還幹了些比這次盜竊更嚴重的事」。

即使在成年以後，主人公極其偶然地，在一份一九三九年出版的《巴黎星期》上，看到了阿妮的朋友弗雷德的一幅小照片，喜出望外，立刻買下了那份舊節目單。「就像獲得一件物證，一個你不是在做夢的確實的證據。」而阿妮曾經帶我和弟弟去的那家修車行，一時間杳然無蹤，以至我已不期以之為線索，與羅歇．樊尚等人重聚。「我」甚至視「所有這些年月，對我而言只是對一家消失的修車行漫長而徒勞的尋找」。

因此，不難理解，作者對這段少年記憶的痛楚。以至在成年後，希望不觸碰與迴避。小說中有頗為清冷的一筆：「我」與讓．D重逢。那是自童年之後，「我」與童年舊識的唯一一次重逢。可是讓．D的女友在場，令他們無法深談。作者卻這樣寫道：「這位姑娘待在屋裏真好，否則，讓．D和我，我們會說話的。這樣沉默並不容易，我從他的目光中看得出來。只要一開口說話，我們就會像被擊中要害倒下的射擊場木偶那樣。」「我」很清楚，開口即意味着失去，意味我的這段童年時光的肅殺一空。

饒有意味的是，「我」始終有一個形影不離的陪伴。那是弟弟。因為他，「我」在一次又一次被世界拋棄的險境中，始終有一個命運的同盟。他才是那段記憶的真正憑據。我和弟弟，共生一體，互為鏡像。冬日共同接受大人餽贈的聖誕禮物，共同進入廢棄的城堡的大廳；夏季在森林裏野餐；秋天在森林裏拾栗子。也共同面對與父母的失聯。臨近尾聲，「模擬家庭」終於暴露了脆弱的面目，大人們憑空消失，不知所蹤。「在學校門口，弟弟獨自一人等着我。我們家裏甚麼人都沒有了。」而我在成長的過程中，「我失去了我的弟弟。線斷了。一根蛛絲。這一切甚麼都不剩……」。

莫迪亞諾或許沉迷於自我建造的迷宮，不期於謎題的破解，甚至對謎底噤若寒蟬。這是令讀者心疼之處。二戰時的德佔法國，在維希政權時期，呈現出一系列的觀念飛地。關乎道德、忠誠與謊言，所有界線的模糊與延宕，平庸之惡纏繞於人性，而它們疊合於一個少年的成長。這少年以書寫為劍戟、記憶為信物，走進迷宮，愈走愈深。然而，他並不是勇敢而堅定的特修斯，真相也非彌諾陶洛斯的居所。記憶更不是可帶他迷途知返的線團。於是迷宮變為了迷霧，你只可見到一個成年人蕭索與徬徨的背影，在霧中躑躅而行。

四、胸抱彩虹，向光而生
——太宰治《斜陽》

大約從記事開始，家中有的藏書總會隨着父母的遷徙，出其不意地浮現出來。以一種狹路相逢的方式，出現在你眼前，然後隱遁，待到下次搬家時再出現。我的記憶裏，每每不期而遇的，就是一本紅色的小冊子，上面寫着《斜陽》。或許是因為太薄，或者是因為封面設計的單調引不起我的興趣，屢屢與它錯過。直到高中時搬家，在一個百無聊賴的午後，我再次看見它，於是我坐在紙箱上，在能看見灰塵的飛舞的夕陽光線裏，信手打開。

然而此後就沒有再放下，直到天一點點地黑下來。當我終於合上書，心中產生了一種前所未有的情緒。當然，現在可以用「喪」這個字，精準地一言蔽之。但在當時，這種感覺的微妙，足以對一個高中生產生打擊。儘管在多年後，看到有關此書的詮釋，提到在結尾處「胸抱彩虹，向光而生」，但仍然無法覆蓋那時的感受。這就是《斜陽》在國內的第一個譯本，譯者張嘉林。

不難理解，半個世紀以來，人們對太宰治的追逐。不同於對三島、川端與大江，浩浩湯湯，擁躉對太宰的愛永遠似暗湧，隱而不見，平日積聚，適當時便噴薄而出。二〇〇九，其誕辰百年，生田斗真演繹《人間失格》，集英社借着這股文學熱潮，邀請漫畫家小畑健重新繪制太宰治的名作，製作了四集同名TVA；二〇一九，其誕辰一百一十週年，蜷川實花再次執導同名影片，主角則從葉藏轉為太宰本人，演繹其與一生中最重要的三位女子的傳說，此片集結小栗旬、宮澤理惠、澤尻英龍華、二階堂富美，陣容可觀。其英文片名令人玩味：*No Longer Human*。

這是太宰對其一生的自白，也是掛在文藝青年嘴邊的金句。但是，這稍帶無賴感的言詞，何嘗不是他向這個世界的示弱。大約我們看到的，是他一生的喧嘩，以《人間失格》中的夫子自道，「我過的是一種充滿恥辱的生活」：出身豪門，立志文學，師從煊赫；曾積極投身左翼運動，卻中途脫逃；放浪形骸，熱衷閱讀《聖經》；四度殉情未遂，三十九歲與最後一位情人投水自盡。所以，如果難以理解他對困境的逃避與無助，那麼《斜陽》給出了答案。

《斜陽》寫的是一個貴族家庭的故事。「貴族」這個詞彙，在當下似乎已被概念化為「positional goods」，和某些話題相關。或者是第六季後《唐頓莊園》（*Downton Abbey*）電影版的上映，或是中國某地產界大鱷的太太創辦的速成班，抑或是某個女明星的風光大嫁。總而言之，是個似是而非、又鍍着金屬色澤的詞彙。大約很少人，會將之與消沉相連接。

然而，太宰向我們展示的，是個晦暗的貴族故事。某種意義上說，雖然脫胎於他的情人太田靜子的日記，但可視為他本人的自傳。儘管太宰終其一生的創作，都似乎在寫自傳，但這本的特殊性，卻在於他筆觸間逼人的冷靜。

那就從太宰的貴族出身說起。關於這一點，曾遭受過三島由紀夫的嘲笑，因為其底裏的鄉野與鄙俗。太宰出生於青森縣北津輕郡金木町的大地主家庭，父親是一個多額納稅的貴族院議員。儘管津島（太宰治本姓）是津輕遠近聞名的豪門望族，但卻是靠投機買賣和高利貸而發跡。這是他心中塊壘，便在〈苦惱的年鑒〉中自稱「我的老家沒有甚麼值得誇耀的家譜」，「實在是一個俗氣的、普通的鄉巴佬大地主」。換言之，原生家庭的「土豪」出身，使得太宰對所謂「真正的貴族」抱有一種憧憬與執着，成為其念茲在茲的「名門意識」的核心。

小說的首章，借主人公的弟弟直治之口說出了有關「貴族」的辯證。「有爵位不代表是貴族，有人即使沒有爵位，也是擁有天爵的貴族。」相對於抨擊他的伯爵友人岩井的庸俗，他認為自己的母親才是「真正的貴族」。而主人公的佐證之一，就是母親的用餐方式，一種並不符合「正式禮儀」的飲湯方式。

就說喝湯的方式，要是我們，總是稍微俯身在盤子上，横拿着湯匙舀起湯，就那麼横着送到嘴邊。而母親卻是用左手手指輕輕扶着餐桌的邊緣，不必彎着上身，儼然仰着臉，也不看一下湯盤，横着撮起湯匙，然後再將湯匙轉過來同嘴唇構成直角，用湯匙的尖端把湯汁從雙唇之間灌進去，簡直就像飛燕展翅，鮮明地輕輕一閃。就這樣，她若無其事地左顧右盼，操縱湯匙，就像小鳥翻動着羽翼，既不會灑下一滴湯水，也聽不到一點兒吮湯和盤子的碰撞聲。這種進食方式也許並不符合正規禮法，但在我眼裏，顯得非常可愛，使人感到這才是真正的貴族做派。

這個段落十分美好，好在太宰向我們展示的對於貴族的理解，其基準恰在於對於規矩與禁忌的廢離，是一種「脫軌的行為」。母親如此自由地破除着貴族的成見，信手抓着食物，毫無愧色。這一段描述深得我心，或許因為自然與自信，才是高貴的源頭。而和子認為，如果模仿，則是東施效顰。事實上，在這部小說中，你可以不斷看到和子對母親的欽羨，那種對美的、無條件的仰望。

而此時這個家庭，乃至其所依存的基礎，已是日薄西山。不得已變賣家產，搬去鄉郊，母女相依為命。這裏有頗具象徵意味的一筆：「從那時候開始，媽媽已顯著有了病態，而我卻反而漸漸出現粗魯、下流的味道，好像不斷從母親身上吸收着元氣，而變得愈來愈胖。」二戰後的日本，滿目瘡痍，舊式的制度與社會結構，分崩離析。工業化的道路，且進且行，步履蹣跚，帶來是階層的重新洗牌。「道德過渡期」必然帶來一系列難以定義的禮崩樂壞。而和子的弟弟無疑是其中最為典型的「多餘人」。與姐姐顧念母親，將精神寄託於往日，並對未來有所憧憬相較，弟弟直治顯然是更為無望的。在篇末那份綿長的遺書中，我們看到的是對一個時代的悼辭。他對家庭，有天然的離棄與抗拒，渴望自己變得「強悍粗暴」，變得像自己那些「平民百姓」朋友——

所謂一般人——一樣，並視為自己的出路。但是他又是如此的無能，連喝酒都「頭暈眼花」，「除了毒品之外的一切，都不行」。他抗拒優雅，模擬粗鄙，但是依然無法擺脫貴族可憐的自尊心，在與精神導師上原的交往中，忍耐着被施捨的痛苦與絕望。他寫道：「我還是死了好。我沒有所謂的生活能力。沒有因為錢的事與人爭執的氣力。」我們會很自然地在直治身上看到太宰自己的影子。換言之，這對姐弟是太宰身上名門意識的一體兩面：對舊日的欽羨與抗拒的交纏。姐弟之間的相愛相殺，他們甚至為同一個男子所吸引。而作家上原的存在，無疑又是以作者自身作為原型。這就使得小說的人物之間形成一種多稜鏡式的譜系。姐姐和子，最終與上原肌膚之親，只是因為對這個男人的「可憐」。這種交合，又何嘗不是太宰的自憐與自悼。他在自己的另一篇小說〈維榮之妻〉中塑造了一個潦倒而清高的作家形象。弗朗索瓦・維榮（François Villon）是法國中世紀末期詩壇先驅，才華橫溢，一生不羈，歷經逃亡、入獄、流浪，而成為了放浪無賴者的代表。這其中無疑是太宰的自行標榜，投射出類似納西索斯式的自我垂憐。換句話說，也是為其與生活博弈方式的自辯。

直治遺書的結尾是：「姐姐，再見了，我是貴族。」以一種隱約間的宿命，與早前離世的母親殊途同歸。而留在世間的姐姐，懷着不知父名的私生子，卻聲言要和古老的道德觀作戰，「準備像太陽一樣活下去」。這個家庭，隨着它的離析，完成了在歷史中的使命。而太宰曾錄下了魏爾倫的詩句：「上帝選民的恍惚與不安俱存於吾身。」其在一九四八年，即是這部小說完成後的一年，收束了與時代剪不斷理還亂的糾纏。在數次生死實踐後，終於到達了彼岸，而留下了與世人之間迷霧一般的結界。十分弔詭的是，太宰治誕辰百年，《斜陽》中私生女的原型，太田治子完成了她長期無法直面的傳記——《向着光明：父親太宰治與母親太田靜子》。

五、導演是時日，演員是你

——V.S. 奈保爾《米格爾街》

讀奈保爾（V. S. Naipaul），由《印度三部曲》始，之後許久未再次拿起他的作品。奈氏與拉什迪（Salman Rushdie）、石黑一雄並稱為「英國移民文學三傑」，但相較石黑的優雅疏離，總覺得他的文字中潛藏戾氣，隱隱暴力滲透於字裏行間，如虬枝入岩，有種乾涸的陰暗。

慶幸的是，在我寫完《七聲》之後，讀到了奈保爾的少作《米格爾街》（*Miguel Street*）。之所以說慶幸，因為如果及早讀到這本書，可能會影響我的寫作觀。《七聲》是這樣一本小說，它匯聚的是這時代於我人生的陪伴。人事久違，似雲過眼，如水穿石。寫人間煙火，也寫無奈掙扎。這些人，激蕩不拘有之，冷靜觀照有之，多少是存着一點希冀的故事。

《米格爾街》寫成長，卻叫人絕望。這絕望以興高采烈的方式演繹，分外令人心頭一凜。在英殖民地千里達首都西班牙港的一條小街上，晦暗邊緣環境中，一群人卻生活得熱氣騰騰。「我們這些住在這裏的人把這條街看成是一個世界，這裏所有的人都各有其獨到之處。」他們以各自的方式上演人生戲劇，專注得近乎執念。被稱為「哲學家」的木匠波普從未成功打上一隻家具，半生都在做着「叫不出名堂的事」。這與無名人（nobody）堪稱完美的配對，內裏暗藏的鄭重理想，卻讓人唏噓。如果伊萊亞斯為了一張二等劍橋學院的考試文憑孜孜以求，會計師霍伊特矢志不渝的民間教育事業，尚算是高尚；那麼波普的偷竊、喬治的風月生意、大腳短暫的拳師生涯，則近乎鬧劇。但因為一個孩子的眼睛所見，即使鬧劇，竟然也有了肅穆的底裏。〈煙火師〉中記了「我生平見過的第一個手藝人」摩爾根，在受盡冷眼後，以破釜沉舟的方式縱火，證明了自己的事業。「這是人們第一次領略摩爾根的煙火竟是如此美麗，人們感到過去嘲笑他是有些過分了。後來儘管我到過許多國家，可我從沒看到過那天晚上爆發出的煙火那麼壯麗輝煌。」

不得不說，《米格爾街》上的每個人，居於日常，都有着令人心酸的表演性。但似乎沒有一個，如同〈布萊克．華茲華斯〉中的主人公，有着動人的悲壯。他的出現與消失，都帶有了寓言的性質。他是少年「我」最初的人生導師。當我問起他的職業，他回答道：「我是詩人。」

在「我」與他相處的時光，他只寫了一行詩：「往昔幽深而美妙。」

他告訴「我」：你也是一個詩人。你成了詩人後，任何一件事都想哭出來。

因為華茲華斯驚鴻一瞥，世俗而響亮的米格爾街，有了蒼涼的詩意。哪怕他已消失，而「我」也因此有了成長，學會了像詩人一樣哭泣。

海特對這個少年說，所有人長大後，都會離開。

長大，似乎成為一個在期盼中而並不清晰的標的。想起林克萊特（Richard Linklater）的《少年時代》（*Boyhood*），用十二年講了一個關於時間的故事。也許不完美，但是足夠真實。物件、人事、風景，全然是有關成長的陪伴。在這其間，你的懷疑、依戀、過往與當下，都有了明證。這便是物是人非的意義。

我們心中都有一條米格爾街，是生命旅途的最初陪伴。它或許喧囂、安靜、壓抑、蒙昧，卻真實如夢境，在每個人的命運軌跡打上烙痕。這條街道是人生皇然大觀的幽暗後台，讓我們在旁觀中觸碰，鍛煉生澀的演技。為這回不來的街巷下注解，一如輓歌，哀而不傷。我在《戲年》序言所寫，說到底，人生的過往與流徙，最終也是一齣戲。導演是時日，演員是你。

第二章　過去時態中的小說文本

一、與君分袂，各自東西不回首
——本哈德・施林克《朗讀者》

《朗讀者》（*Der Vorleser*）這本書的意義，在於重溫。不同的年齡閱讀，會有相異的認知與結論。這意義或許和堅執相關。但是，換一個角度來說，它亦會提示，用一己的價值評判體系去估價他人的行為，是愚不可及的事。

初讀時，很容易將之總結為兩個失敗者的故事。漢娜和米夏，在各自的人生中逸出軌道，進而改變對方。歷史的顛覆中，難以全身。一個罪惡深重，一個肩負陰霾。這場角力，以少年的情慾開始。「如果貪婪的目光像肉慾的滿足一樣惡劣，如果主動想像和幻想行為一樣不堪的話，那麼，為甚麼不選擇肉慾的滿足和幻想的行為呢？我一天比一天地清楚，我無法擺脫這種邪念。這樣，我決定把邪念付諸行動。」但最後敗下陣來的，也是他。他投入了愛，不僅因迷戀這個女人豐熟的肉體，在一次又一次的衝突中延宕與遷就，同時間，他從未意識到，自己的一生輸給了一個秘密。漢娜的失蹤與藏匿，突如其來。他們儀式一樣的幽會，已千篇一律：洗澡、朗讀、做愛。他為這個女人朗讀，以他們的母語。《奧德賽》、《戰爭與和平》、《一個窩囊廢的生涯》。比起性事，她似乎對此甘之若飴。

在她不告而別之後，重逢已是在法庭上。米夏以法律系實習生的身份，列席納粹集中營罪行的審判。而被告之一，正是漢娜。漢娜在二戰時期做過納粹集中營的看守，因對三百多名猶太囚犯的死亡負有責任而受審。米夏心中的煎熬隨審判的進行日劇加深，而漢娜往日的秘密也初現端倪——她是個文盲。她一直保守着不可言說的秘密。而她的一生，也為這個秘密而左右。「她害怕暴露出來。這也是她拒絕被培養成電車司機的原因，因為做售票員可以掩蓋她這個缺陷，而一旦成為司機，弱點就非露餡不可。這也是她要離開西門子公司，而去當一名看守的原因。這也是她自己承認寫了報告，而拒絕邀請專家來鑒定筆跡的原因。」漢娜攬下了所有的罪名，最終被判終身監禁。米夏為自己明知漢娜的秘密，但卻沒有勇氣替她澄清罪責而負疚，私人罪感與公共罪感——為納粹期間「德國罪過」所負有的罪感——之間形成了衝突，也為「二代記憶」提出了它所特有的記憶倫理難題。

這構成了在八年以後，米夏再次成為朗讀者的起點。其間，他經歷了失敗的婚姻，乃至受挫的性愛。他尋找過的每個女人，都有漢娜的輪廓。他重讀《奧德賽》，發覺這個故事說的不是回歸，而是重新的出發。於是，他又開始朗讀，並錄音，將它們寄給了服刑的漢娜。施林茲勒、契訶夫的短篇小說，海涅與默里克的詩歌。第四年時，他收到了漢娜的回信。「小傢伙，上個故事很特別。謝謝。」漢娜依照他寄來的磁帶，與書籍的閱讀，學會了寫字。

是的，看到了這裏，我怦然心動。類似於某種邏輯的打通。不是文學的邏輯，而是漢娜人生的邏輯。她終於可以真正通順地梳理自己，而非一味無原則地羞愧。她一生的罪感，起初來自於掩飾。掩飾的是自己與文明之間的鴻溝。不惜卑微地退縮，企圖泯然眾人。但當她學會了讀寫，卻清晰地發現，自己更為深切的罪。在獄中，她找來閱讀的是猶太人倖存者的文學作品——普里莫．萊維（Primo Levi）、埃利．維賽爾（Elie Wiesel）、讓．艾默里（Jean Améry）等人寫集中營的書，還有赫斯的罪行錄與阿倫特關於艾希曼在耶路撒冷被處絞刑的報告。

書中並未以任何敘述視角透露，這些作品給予漢娜的影響。但她在自盡之前，十分妥貼地安排了將自己一生的積蓄，留給了指向她罪行的那場大火中唯一的倖存者，一位猶太裔的女作家。

這其間有清晰的隱喻意義。她作為戰犯，向德國「二代記憶」的記錄者所表示的懺悔與救贖。而這一切，以「無知」開始，以「文明」結束。小說未寫其覺醒，但卻在法庭上借漢娜之口，質問了法官，「此時此境，你會怎麼辦？」。

「文盲」是一個簡單粗暴的解釋罪行的理由。而深諳文明內核的社會精英，曾如漢娜一樣地作出自我的選擇。這是戰後的德國，在不斷強化對道德機制的開啟，重新反思過去的綿長過程中，積極致力面對的問題。「雪崩中，沒有一片雪花覺得自己有責任。」斯坦尼斯洛的名句，道出了歷史的弔詭，也道出了每一個平庸的惡者內心的狡猾與麻木。漢娜或是幸運的，因其「文盲」的身份、支離破碎的知識體系。「識字」的過程，造就其重新認識世界和自我的過程，在蒙昧中撥雲見日。而精英者，代表着這世界上擁有朗讀權力，卻甘於「默讀」的人。他們和文明之間，存在着自欺欺人的斷裂。他們如此篤定於自己的行為，做一片盡忠職守的「雪花」。勇敢者，可傾覆自己，面對荒涼過後的泥濘；懦弱者，抱殘守缺，了此一生。

在這個過程中，文明乃至藝術，扮演了甚麼角色。德國戲劇家彼得・史耐德回憶上世紀六十年代中期，奧斯威辛審判時他參加學生運動的情形。他所關注的是，如何處理在家庭結構中面對父輩的感情，與將之放在歷史節點評判時所帶來的道德困惑。他的父親是一位作曲家和樂隊指揮，他說道：「就在我們反叛的時候，我們也盡力保護自己的家庭。我們從來沒有問過父親這個顯然該問的問題：當猶太人音樂演奏者一個個被清除出樂隊的時候，你做了些甚麼？」可嘆的是，這個問題，恰與一部電影構成了微妙的互文。這部電影叫做《鋼琴家》（*The Pianist*），取材自波蘭猶太裔作曲家和鋼琴家華迪史洛・史匹曼（Władysław Szpilman）的回憶錄。其恰從受害者的角度，對這個問題給予了回應。史匹曼在迫害中流離，偶遇德國軍官威爾姆・歐森菲德，被認出是猶太人。問及職業時史匹曼說自己是一個鋼琴家，於是被要求演奏一曲。史匹曼演奏了蕭邦的第一號敘事曲，琴技折服了歐森菲德。他因此決定協助史匹曼躲藏，並定時提供生活所需。不言而喻，這對於史匹曼最終逃出生天提供了重要的幫助。軍官的設定，亦符合《夜間守門人》（*The Night Porter*）式的刻板印象。表面上看，由於藝術的共情性，造就歐森菲德施以「小善」，從而保留了一個偉大的「藝術家」。但究其底裏，史匹曼得以倖存，並非因為他是一個猶太人，甚至是「人」，而是因為他是傑出的藝術載體、他精湛的技藝。得以全身，恰在於其本人被充分地「物化」。藝術家超越國族立場的個人經歷，並不鮮見。在巴黎尋求政治避難的前蘇聯芭蕾舞者雷里耶夫，也是一例。我曾經在《北鳶》中寫到京劇名伶言秋凰，為票友和田中佐所賞識，納為知音禁臠。但成敗一蕭何，因為對京劇的癡迷，其最終為前者所刺殺。完成了民族大義的言老闆，說到底，恰是實現了從藝術的替代物，最終覺醒為「人」的過程。

某種意義上說，「朗讀者」米夏，也是一個載體。他承載了「過去」的文明的總和，也代表着過去向現在的發言。面對「無知」的打破，「朗讀」的意義，並非是摧枯拉朽式的，而是綿長、溫和、潤物無聲的。它的漫長，提供了一個個可供思考、反芻與咀嚼的空間，並與少年的成長，同奏共跫。事實上，少年成長或是認識歷史最為直接的鏡像。或許殘酷寫實，如君特・格拉斯（Günter Grass）的《但澤三部曲》，其中《鐵皮鼓》（*Die Blechtrommel*）和齊格菲・藍茨（Siegfried Lenz）的《德語課》（*Deutschstunde*）（一九六八年）同樣懇切；或許如哈哈鏡，是喜劇外衣下的陰翳，笑中有淚，如貝尼尼（Roberto Benigni）的《美麗人生》（*La vita è bella*）。但總有着某種清晰而切膚的銘刻。何況，《朗讀者》的因由，是一名成熟女性對少年情感與肉體的餵養，在這面目嚴正的民族文學譜系中，莫名地有了象喻的禁色之美。

在一次纏綿的旅途之後，米夏寫了一首詩，模仿自他彼時正熱烈閱讀的詩人里爾克和貝恩。這首詩如此貼切地表達了他對漢娜的感情，或許亦可視為一首唱給歷史的輓歌：

與君同心，兩心相互來佔有／
與君同衾，兩情相互來佔有／
與君同死，人生相互來佔有／
與君分袂，各自東西不回首。

二、塵封的作品，與人生的幽靈

——斯蒂芬．茨威格《昨日之旅》

對於作家遺作出版這件事，一向覺得，是世界上最大的悖論之一。成名作家身後，作品無繼，總是成為某種莫名的懸念。這是讀者們引頸期待的原因。而如果伴隨着作家本人的經歷，或與此相關的社會議題，會帶來某種在生作家得不到的關注，比如如火如荼的 Me Too 運動背景下出版的《房思琪的初戀樂園》。但從另一個角度，出版遺作是否符合作家本人的意願，則是引起廣泛討論的焦點。

塞林格以《麥田裏的守望者》一舉成名，被譽為美國二十世紀最偉大小說家之一，一生只出版過《九故事》、《抬高房梁，木匠們；西摩：小傳》（*Raise High the Roof Beam, Carpenters and Seymour: An Introduction*）、《法蘭妮與卓依》（*Franny and Zooey*）、《麥田裏的守望者》這四部作品。事實上，即使在他搬到新罕布什爾州鄉間隱居，依然筆耕不輟，寫足了六十年。這期間，他的習慣卻是將這些寫好的作品束之高閣，使讀者的期盼成為一廂情願。一九七四年，塞林格在接受《紐約時報》的採訪時說，不發表任何作品給他帶來的是「絕佳的安寧」。然而，今年塞林格誕辰百年之際，他的兒子、遺產監護人馬特·塞林格已公開表示，將在未來十年間出版塞林格在世期間尚未發表的遺作。相似的情形，在華語世界也出現。一九九五年張愛玲去世後，長時間以來，張迷們反覆品讀的，是她已出版的經典之作。但在二〇〇四年，台灣皇冠忽然出版了她的一部遺作《同學少年都不賤》。這部小說何以塵封，在張愛玲寫給夏志清的一封信中，可以窺見端倪：「這篇小說除了外界的阻力，我一發送也就發現它本身毛病很大，已經擱開了。」甚而張愛玲在給另一好友宋淇的信中也說「我想我是愛看人生，而對文藝往往過苛」，因此「打消此意」。但作家一旦去世，自然就失去了對自己作品的支配力。自《小團圓》起，近年張愛玲的遺作《雷峰塔》、《易經》、《少帥》等，頻頻以新作形式面世。不知作家泉下，可作何想。

繼北宋彭幾「鰣魚多刺，海棠無香」後，張愛玲將「紅樓未完」視為與之並稱的人生三大恨事。可見其在遺作之事上，自有心心念念。眾所周知，她對「紅樓」的加持不遺餘力，少年即作《摩登紅樓夢》，晚年「十年一覺迷考據」投身《紅樓夢魘》。

一九六一年，作為電影編劇的張愛玲，為香港「電懋」公司編寫《紅樓夢》劇本，鞠躬盡瘁，寫至眼角結膜流血。手稿卻不幸散佚丟失，可說是兩位傑出作家惺惺相惜、古今神交後的未竟之憾。在《夢魘》的序言中，張愛玲寫道：「紅樓夢未完還不要緊，壞在狗尾續貂成了附骨之疽——請原諒我這混雜的比喻。」這當然也並非僅只《紅樓夢》的宿命，何止「四大」無一倖免，古往今來，總有庸常者以挑戰名著之姿，作一己意猶未盡之代償，但又難脫附骨之態，多以「續」「後」「補」「別」「殘」為名，說來亦十分可嘆。

遺作未完，便順其自然，由它金甌之缺，長久後，憾事或許亦成佳話。這好比「斷臂的維納斯」，自出土於米羅島，於今其知名度早已遠超「美第奇的維納斯」和「科隆那的維納斯」兩件傑作。可見，我們在肯定「完美」的同時，也不期然為此相關的審美付出了代價，即失卻了「斷臂」所凝聚的開放與重認的姿態。現代文學譜系中，沈從文書寫湘西的長篇小說《長河》，因未完，其中包含的「常與變」、「傳統與現代」之多種辯證，仍然予當代語境之討論以無盡空間。而蕭紅的《馬伯樂》，其起筆於香港，因作者染疾撒手人寰，只留下了一部半。上世紀八十年代，由葛浩文在《時代評論》發掘而出版，成為蕭氏作品中迴異往作風格的「異端」。其之殘缺乃至結尾處的伏筆，恰亦成為蕭紅本人傳奇一生的隱喻與互文。若說到對自我創作體系的旁逸斜出，*Goodbye* 作為太宰治真正意義上的遺作，大約令許多讀者念茲在茲。四兩撥千斤，其間嬉笑怒罵，和《人間失格》式痛徹於心的自我審視大相逕庭。而小說結尾處的「未完」二字，大約可視為太宰對這世界最後的惡作劇了。

茨威格的《昨日之旅》（*Die Reise in die Vergangenheit*），同樣是一部「遺作」。在這本書的法文版〈譯後記〉裏，清楚地記載了它被發掘的過程：「關於這篇小說，在很長的時間裏，我們只知道它曾於一九二九年部分地收在維也納出版的一個文集裏。許多年以後，菲舍爾出版社的編輯克努特．貝克在倫敦 Atrium 出版社的檔案庫裏，發現了一份打樣稿，引起了他的注意。整整四十一頁的文字，署着茨威格的名字：他發現的正是這部小說的完整版本，標題『昨日之旅』被劃掉了。今天，我們決定保留這個標題，因為它如此貼合這個令人感動的愛的故事，相愛的男女被迫分開後，再也無法尋回過去。」文中所指的小說集，是《奧地利當代藝術家協會文集》，當時發表用的篇名〈一篇小說的片斷〉，可謂隨意而準確。雖然和小說全文出版相隔了二十六年，至少說明作家有發表的意願，是無庸置疑的。不過劃掉了小說的名字，多少表示茨威格對此的保留態度。以他精謹的小說要求，或許正是沒有及時發表的原因之一。

小說篇幅不長，但時間跨度很大，從第二帝國時期，經歷一戰至法西斯上台前夕。如此的歷史跌宕，換一個作家，大概會寫成鴻篇巨製。但茨威格似乎無意作任何細節性的展開，甚至有些部分，言簡意賅到會讓讀者覺得是一個優秀的故事梗概。而作家唯獨沒有吝惜筆墨的，仍然是他最擅長的情感線索。

男主人公「他」，我們通過文中可知其名為路德維希，女主人公「她」則是一個叫做「G」的樞密顧問的夫人。事實上，茨威格對於筆下人物，一直沒有認真取名的慾望。作為讀者，有時你會驚嘆他們何以如此不配擁有姓名：《一個陌生女人的來信》（*Brief einer Unbekannten*）中的女主人公無名，男主人公只有姓氏縮寫「R」；《一個女人一生中的二十四小時》（*Vierundzwanzig Stunden aus dem leben einer frau*）中的女主人公是C太太；《象棋的故事》（*Schachnovelle*）的主人公是B博士。

但是，就在如此簡樸的命名背後，可以感受到華麗而深邃的人物心理鋪設，而這甚至成為情節發展的強大動力。不可否認，這方面茨威格的確是一個神人。《昨日之旅》的主人公是一位年輕的化學專業博士，他的才華與勤奮得到了樞密顧問的好感和賞識。當後者病重臥床，提出建議路德維希搬進他的別墅，倚為心腹，擔任自己的私人秘書。在婉拒而不得之後，為了自己的前程，心高氣傲的路德維希勉強答應。然而，他進入了老闆的豪宅，體會到某種「濃郁飽滿的富貴氣息」，不免呈現出了典型的于連心態。「他自己隨身帶來的東西，甚至他自己，穿着自己的衣服，在這間寬敞亮堂的房間裏都顯得很小，顯得可憐寒磣。……他不由自主把他那堅硬笨拙的木頭箱子藏在一張罩單底下，暗自羨慕他的木箱在那裏找到了藏身之處，可以躲藏起來，而他自己在這間緊閉鎖牢的房間裏，則像一個溜門撬鎖，被人當場抓獲的小偷。」而最終讓戒備冰融的，是這個家庭的女主人對他不動聲色的、默然的好。他欣賞的一幅畫、稱讚的一本書甚而是無意間流露欣賞的一條刺繡床單。這個女人總是及時滿足他心中「微小的願望」，如同「神話中為人效勞的家神」。這個涉世未深的青年，因此克服了寄人籬下的不安，對她產生了深深的依戀。

一個男人走向成熟，在青年時得到年長女性在精神上（有時也包含肉體）的餵養，似乎已成為了某種藝術母題。施林克（Bernhard Schlink）的《朗讀者》為其中表表。晚近看了拉爾夫．費因斯執導雷里耶夫的傳記片《白烏鴉》，其中一條副線，關於年輕的芭蕾大師受傷，借住在恩師亞歷山大．普希金家中，卻與日夜照看他的普希金夫人發生了戀情。同樣是孤傲而自卑的內心，如沐春風，這個段落與《昨日之旅》異曲同工。但相對於前者，茨威格最終讓這段感情發乎情而止乎禮，遏止了奔流的慾望。夫人道：我不能在這裏，不能在我的、他的宅子裏做這事。可是等你再來的時候，你甚麼時候要都行。

這句話成為了臨行餘韻。老闆派博士去墨西哥開採公司急需的礦石，創辦分廠，兩年為限。在這期間，他們唯一的交流方式，就是書信。他鉅細靡遺地記錄自己每天所做的事情，將之寄到事先約定的隱密地址，然後便是漫長等待。「有時候他獨處時，知道身邊沒有旁人，就拿起她的信來，按照她的聲調一個字一個字地唸出來，用這種方法，變魔術似的，把相隔遙遠的心上人召喚到眼前。」這一筆寫得頗為動人。茨威格喜好用信件表達人之間某種孤獨且秘而不宣的聯繫。就如同《一個陌生女人的來信》中的無名主人公。那封厚厚的信札是她破敗而幸福的一生。儘管在生命彼端的讀信人，甚至連她的樣子也想不起來。信件的意義莫過於在時間的流淌中，給予人一點膽識與尊嚴，或者尚可宣示的諒解。在這一點上，極自然地聯想起宮本輝的《錦繡》。宮本也是我喜歡的作家。寫一對男女，在離婚多年之後重逢，以書信互相細數流年，也為彼此取暖。這樣看，便恍若《昨日之旅》遙相呼應的東方鏡像。只是茨威格終寫個人命運被歷史的挾裹。度日如年，正果將至，卻因為二戰，通信中斷。天各一方，音訊全無。茨威格如此寫放棄：「他有時還去取出她的信唸來看，可是墨水已經褪色，字句不能再衝擊他的內心，有次他看見她的照片，嚇了一跳，因為他已經想不起她眼睛的顏色。」

他終於在彼岸娶妻生子，做世俗中誠懇的人。但戰後卻重有驛動，他借出差回國，造訪夫人，約她故地重遊。小說極妙的一筆，是他們似乎為了清償十數年前的感情債務，心照不宣在酒店開了房間。但是，卻體會了令人恐懼的難言窒息。他們逃離房間，彼此都感到赦免。

或許，信件中堆疊的愛與情慾，在現實中被剝落了畫皮，暴露出了葉公好龍的本質。他們漫步在海德堡的街頭，躲避着節日遊行的隊伍。

他對夫人唸出魏爾倫的兩句詩：「在古老的公園裏，冰凍，孤寂／兩個幽靈在尋找往昔。」這是多年被遺忘的詩歌，是想要復活的影子。然而終究是影子，帶着多年各自人生的晦暗與冰冷，彼此交疊，合而為一。

三、他們在一起純潔地成長

——杜魯門・卡波特《蒂凡尼的早餐》

電影製作中有一個手法，叫疊化。是在一個影像中，讓另一個氤氳浮現。讀《蒂凡尼的早餐》（*Breakfast at Tiffany's*），總是看着兩個人的人生，在彼此疊化。一個是郝莉的，一個是卡波特自己的。

其實我至今都後悔，為甚麼讀卡波特（Truman Capote），要從《冷血》（*In Cold Blood*）讀起。那是讓我的閱讀感受震撼而不快的小說，可是，又無可挑剔。我難以想像卡波特在朗讀會上，自己吟誦其中章節的心情。但是，讀這些文字時，我總是如同手指觸碰到了冰冷的鋒刃般，有一種警惕。時刻想到，這是作家在現實中，放棄了一個生命的換取。

大約有這樣的一個起點，再讀卡波特，你會覺得，他的一切都可以饒恕。自戀、自大、虛榮和張揚。所有與成熟男性相關的品質，都與他無關。他出身不如意，卻在並不漫長的青春中，享受着蜜糖一般的寵愛。在他的作品中，他在重複着這個主題。哪怕是相關於疼痛，也是玫瑰花刺所帶來的，極度芬芳而馥郁。《別的聲音，別的房間》（*Other Voices, Other Rooms*），是他的自傳。《聖誕憶舊集》（*A Christmas Memory*）其實也是，但是卻平樸了不少。大蕭條年代，那個善良的遠房姨婆呵護下的成長，是卡波特最初的童年剪影。

《蒂凡尼的早餐》的出現，似乎總是伴隨着奧黛莉．赫本（Audrey Hepburn）的面孔。無論是卡波特本人，還是包括村上春樹在內的讀者，似乎都並不稱道。在原著中，郝莉的形象是這樣的：

> 調皮的小男孩一樣，留俐落的短髮，頭髮的顏色像百衲布，褐色中間夾雜白金和明黃，眼睛好似打碎了的多稜鏡，藍色、灰色、綠色的小點像火星的碎片，發出一種生氣盎然的溫暖的光，周身散發着像早餐麥片一樣的健康氣息，像肥皂和檸檬那樣清潔的味道。

赫本自然是好的，只是她或許不合適去詮釋郝莉這個角色。前者是不染的隔世蓮花；後者是繽紛的馬賽克中，一塊斑駁的牆體，卻有一種相對的倔強的潔淨。電影對這個形象，處理得的確是有些簡單化了，在開頭男女主人公寄生於他人的浮華，結尾處又如此當機立斷地覺醒，都讓紐約氤氳不已的萬般世象，失去了分量。

在小說中，郝莉稱男主人公保羅為弗萊德，那是她應徵入伍的兄弟的名字。是她於以往生活的一道烙印，那時她叫路拉美。這名字與弗萊德是一體雙生。當男主人公向她提及，一切有所回溯。郝莉對前來尋她的丈夫說：「千萬別愛上野東西。要是你愛上野東西，你只有抬頭望着天空的份兒。」郝莉更像是一頭豹貓，來自於山野，那身毛皮在大自然中是披荊斬棘的保護色；但在名利場中，即是令人不辨出處的輕裘。似有若無，她又何曾忘記秣馬厲兵的歲月。是的，郝莉就是這樣一個「野東西」。她並非成長於規則，她沒有一切虛偽或真實的拘囿。她只是她自己，用原始的直覺在一片鶯歌中兵來將擋。這是她的鎧甲，使她不受傷。

她面對男伴，無論是巨商拉斯蒂的背叛，還是貴族何塞的懦弱，或許都不及失去了弗萊德而傷心。因為那是她自身尚還完整的體面。二十歲太年輕，但其實已經蒼老。薩克雷（W. M. Thackeray）在《名利場》（*Vanity Fair*）中寫女版于連蓓基·夏潑在英國上流社會的叢林法則中步步為營；在維多利亞時代的舊貴族與資本新貴的弱肉強食的間隙中，顛簸浮沉。再是懲惡勸善，怎麼看都是悲壯底色。而郝莉是舉重若輕的，一如保羅送給她的在蒂凡尼買的聖克里斯多佛像章，是隆重的羽毛，可以被隨手放在任何一個地方。她以對不安全感的強調，來抵禦一切拋棄與挫敗。或者說，她將一種自嘲鄭重化與裝飾化，來保護自己本質的脆弱。「她的臥室永遠有一種露營的氣氛，沒有正經的家具，木箱和手提箱都收拾妥當。」堂而皇之擺在客廳裏的行李箱、公寓名牌上永遠寫着「郝莉在旅行」，以及和她相依為命的那隻沒有名字的貓。在小說將近結束時，郝莉放棄了這隻貓。有這樣一段自白：「我早告訴過你，我們是一天在河邊遇到的：就這麼回事。都獨立的，我們倆，我們相互之間從沒有答應甚麼。我們從來沒有。」

無法承諾，是為了不失望和不受傷害。這是一個完整的郝莉，我們終於可以在書之外獲得一些真相。如果看過卡波特與瑪麗蓮·夢露的對話錄，大約記得他們之間奇異的惺惺相惜。是的，一如村上春樹所提示的，郝莉有某種「放蕩的純潔」。事實上，遠在《蒂凡尼的早餐》之前，卡波特曾為夢露寫過一個短篇〈漂亮妞兒〉。這篇小說的末尾是這樣的：「光線逐漸暗淡。她似乎要混合着天穹和浮雲隨着光線一起消逝，遠遠消逝在雲天之外。我想提高嗓門蓋過海鷗的嘶叫，把她喚回來：『瑪麗蓮，瑪麗蓮，幹嘛甚麼事情都得這樣終結，幹嘛人生就得這樣糟糕。』」這段話，大致像是某種讖語，但足以將夢露的形象與郝莉疊合。

那張和夢露共舞的著名照片上，卡波特韶華已去，其實有一種令人不忍的笨拙。或許在青春少艾的夢露身上，卡波特看到了昔日的自己。他們的出身，與光怪陸離的紐約、上流社會之間，總如同水與舟的辯證。可浩瀚載之，可駭浪吞噬。因為他們是沒有根基的，卻像是使起了渾天綾的哪吒，將浮華的名利場攪動得天翻地覆。此時他早已不再是那個為《紐約客》打工的「精靈古怪」的小子，他以為自己擁有了無上的話語權，他恣意地嘲笑這一派繁華中的愚蠢與膚淺。卡波特與之博弈的作品，大約是《應許的祈禱》（*Answered Prayers*）。這本事實上沒有寫完的書，在一九七五年的《時尚先生》開始發表。〈莫哈韋沙漠〉一章面世，令人質疑；第二章〈巴斯克海岸餐廳〉立時引起了軒然大波。因為箇中，流傳於歐美上流社會的秘聞，忽然間得到了證實。宛如皇帝的華服被倏然展開，讓子民看到他尚在流血的癰疽。皇室與名流，甚至還包括他的作家同行們。我們從中隨意選讀兩段，都令人心驚。「還有迷戀洛麗塔的威廉・福克納（William Faulkner）——此人常常是神情凝重，舉止莊嚴，心頭壓着兩重的負擔：一廂要惴惴不安地擺出上流社會的舉止，一廂又在傑克丹尼威士忌帶來的宿醉中掙扎。」「外斜眼、面容白如餡餅，嘴裏常叼着個烟斗的薩特跟他老處女似的姘婦波伏娃常常靠在一個角落裏，像一對口技藝人扔棄的玩偶。」他將對自己的刻薄也用於他人，甚至都不屑於化名。這打破了上流社會心照不宣的遊戲規則。他為這些「作為幻象的真相」付出了代價，從此被指斥為叛徒，歐美名利場的大門對他無情關閉。

卡波特在放縱的生活中失去了人生的準心。而即使在生命的最後，他依然保持着他想有的體面，他自語：「一直以來，我是個過度渴望認同與愛的男孩。我曾經擁有過，也失去過。現在，我要走了。遺忘，真是個很好的所在。」但臨終前，他的遺言卻如此簡單：「我是巴蒂，我冷。」是的，他還是那個《聖誕憶舊集》中的小男孩，那個孤獨的、有着柔軟金髮的少年。他用哀傷的目光看着坐在防火梯上的短髮的郝莉，如同看着鏡中的自己。

四、我只不過是一個過了時的歌手

——石黑一雄《小夜曲》

石黑一雄獲得諾貝爾文學獎，令許多人意外。對大眾而言，他是個在賠率榜之外的作家。對專業讀者來說，頂着英國「移民三雄」的聲名，他似太過規矩，既無拉什迪的瑰奇，又無奈保爾的放恣。人生經歷似乎也一馬平川，創意寫作碩士出身，導師之一，是以哥特式的鋒利書寫而著稱的安傑拉·卡特（Angela Carter）。但她欣賞的，卻是石黑的冷靜節制。

這樣一個模範生般的寫者，令媒體躊躇。一時之間，他們執着於討論石黑一雄究竟是日本抑或英國作家，連帶拿他與大熱落馬的村上春樹之間的惺惺相惜，做起文章。當發現石黑與前任諾獎得主鮑伯·狄倫（Bob Dylan）之間的精神薪火，一切似乎迎刃而解。

年輕的石黑是個樂迷，甚至留着長髮，在巴爾莫勒爾做過打擊樂手。最初的夢想是成為唱作音樂人，以雷納德・柯恩（Leonard Cohen）為楷模，然而如同許多並不得意的藝術青年一樣，他未得到樂壇的善待。即使日後聲名鵲起，他仍耿耿於心地將小說稱為「長版的歌曲」。因此，他將唯一一部小說集命名為《小夜曲》（*Nocturnes*），便不足為奇。

事實上，石黑的文字予我的印象，可以「端穆」來形容。能從中讀到教養良好的紳士氣息，法度謹嚴。筆下，並非移民作家對類似「離散」主題的通常處理，與東方原鄉的聯絡，進一步構成某種合璧式的行文風致。他以英文寫作，字裏行間，卻流淌着日本文學「物哀」的品性。主題往往總是一個面對過去的人，與舊日的冷靜纏鬥。因此，他對故事的表達，帶有一種凝滯的細膩。不錯分毫地勾勒出一己經驗內外的哀愁輪廓。最典型的，是他的代表作《長日將盡》（*The Remains of The Day*）。一個英籍管家，或者義僕，恪盡職守，追隨的是主人的榮耀與挫敗。他附身於別人的人生，也間接地被歷史之手撥弄。但亦因地位的緣故，人生的軌跡並無大的開闔。主人聲名敗裂，他在陷入頹唐之後，也依舊延續了慣常的生活。即使一段引而不發的愛情，也恰到好處地留有體面的遺憾。這是一個不徹底的人物。石黑小說的動人處，在為筆下人物賦予那麼一點儀式感，幾乎成為證明後者存在與尊嚴的依持。清晰記得這部小說的開頭，作家寫道：「兩個星期前的一個下午，我在為掛在書房的那些肖像除灰，我正在活動梯子上清除韋瑟比子爵畫像上的灰塵，這時，我的主人走了進來。」石黑的描述中，往往有精確的細節，成為某種昭示人物性情的標的，或故事發展的刻度。時間與空間，亦因此而神形兼備。

回到《小夜曲》，我想說，這是石黑較為任性的一部作品。因敘事上並不以靜謐準確為要義，而每一篇都隱藏暗湧。這暗湧以晦暗的常態人生為始。小說的主脈是一個插曲，卻多有亮色。即使慘澹收場，但着筆輕盈，終不至悲情疊加。「哀而不傷」始終是石黑文字的優點，因為筆觸間的分寸。總體觀，這部小說集仍可見一如既往的形式感。故事皆以不可靠的敘述者「我」切入，多是不得志的音樂家，各有一段不為人知的過往。這並不是小說落墨所在。真正的主題，是因短暫的不期而遇，無可選擇地介入並窺伺了他人命運。其中三篇，皆關乎婚姻狀況動盪的夫婦。〈傷心情歌手〉寫來自波蘭的吉他手，偶然邂逅母親的偶像歌星托尼．加德納，卻目睹了後者為了事業的東山再起，不得已離棄深愛的妻子以圖再娶，只為重新進入公眾視野。「我只不過是一個過了時的歌手。」加德納為妻子準備的送別禮物極盡浪漫，在威尼斯的河道上，由吉他手伴奏，在妻子窗下唱出點染他們新婚記憶的歌曲〈我太易墜入愛河〉。然而「歌唱完了，寧靜和黑暗包圍了我們……可加德納太太的窗戶甚麼情況也沒有」。〈不論下雨或晴天〉，則寫雷蒙德對於昔日老友夫婦的探訪，體驗家庭生活的瑣屑，以及在經年之後的厭倦。雷因為一本記事簿，窺探了二人各自的心事。雖然好友婚姻困頓，但是仍選擇平淡而麻木的和解。最後，雷與女主人在音樂中相擁而舞，伴着薩拉．沃恩一九五四年版的〈四月的巴黎〉。〈莫爾文山〉則寫懷才不遇的作曲家，暫別倫敦，寄居在莫爾文山的姐姐家打工。一次曠野裏的即興演出，得到來自瑞士的職業演奏者的賞識與青睞。然而他一時的惡意，卻成為後者七年之癢的導火索。石黑的小說，有一種奇妙的講述格調，在回憶的框架中，展現着今昔的嬗變。這變化的格局並不宏大，卻有如水滴石穿。〈小夜曲〉一篇寫整容的薩克斯樂手，與女明星的同病相憐，魯莽地縫合了兩個人的過去與未來。惡作劇與自尊心，粗礪地碰撞，幾乎有些冒犯了作者文字的優雅，卻足以在一剎那，令讀者心底蕩漾。我們不自覺地代入「我」的視野，去感受當事者的落寞，又或者在自我揶揄間，觸碰可望不可及的理想。〈大提琴手〉是小說集中最為令人絕望的作品，寫所謂默契的不可信任，以及對樂觀與才華的無奈嘲弄。兩個人背叛體制與格律，企圖建立一己的藝術烏托邦，終被平庸的現實所磨蝕，進而吞噬無蹤。

「轎內的人兒彈別調，必有隱情在心潮。」這是石黑一雄，文字沒有鏗鏘之音，有的是彷彿認命的淡和，甚而顧左右而言他。但於你我，卻似浸潤了昏黃底色的暗訴款曲。為曾經對生活日常的一點哀愁與歉意，或許些微值得懷念的言不由衷。一如他為 Stacey Kent 填的歌詞：「你沒有理由去在意，只需要好好照顧自己，再來一個肉桂煎餅，在晨間電車吃早餐，很快你就會忘記曾經的心碎。」

五、他已對時間幾乎失去感覺——亞歷山卓・巴瑞可《絹》

在印象中，巴瑞可（Alessandro Baricco）或是最具詩意與儀式感的小說家。另一位是《錦繡》的作者宮本輝。你可以說，他們搭建的是生活的海市蜃樓，也可以說，他們寫出了人生的骨骼。

為巴瑞可帶來盛名的，是《海上鋼琴師》（*Novecento*）。那個叫 1900 的天才演奏家，只有在驚濤駭浪中才可與音樂縱橫捭闔。他選擇終身與大海為伴，無緣泯然岸上眾生。或者這便是宿命。托納多雷將之改編為同名電影，主調則是人類無法克制的孤獨。那個患有幽閉恐懼症的船長，在一個棄兒那裏獲得了救贖。所有悖論一樣的存在，都在小說裏恰到好處地被安置，然後出其不意地消逝，塵歸塵，土歸土。

《絹》（*Seta*）是一部開頭富有野心的小說，在於其鋪設的背景。前所未有的蠶蟲瘟疫，帶來法國絲織業的凋敝，神秘而閉鎖的東方（日本），成為冒險家自我拯救的期冀。年輕的軍人榮庫爾，帶着使命感踏上征途。東西間的文化互涉，似乎一直以來，都是最美好且具惡意的文學主題。它代表了兩種力量的提防、試探、抗衡，而後交媾。不免因此陷入了某種刻板印象。強健西方的霸權與征服，古老東方的神秘與迎合。國族層面的文化博弈往往以性別擬態。《藝妓回憶錄》、《大班》不外如是。不可自拔地迷上巫女一樣的東方女子，是白種男性的宿命。但普契尼（Giacomo Puccini）的《蝴蝶夫人》（*Madama Butterfly*）如教科書一樣地宣示了宿命的結局。榮庫爾未能免俗，他愛上的甚至是個不知姓名的日本婦人。當他踏足化外禁忌之地（一八五四年之前日本尚處於鎖國時期），在與當地貴族原卿交易的過程中，看到了他的妾侍，一個「眼睛不是東方人形狀」的女子。這個關於面目的細節，在小說中被巴瑞可一再重複，令人聯想起莫迪里亞尼的畫中人。這構成了榮庫爾迷戀的起點，自始至終。也由此而擺脫了某種東方主義式的故事窠臼。無關倦態與拋棄。這個貴族女子，與榮庫爾語言不通，謎語一樣的字條「你返鄉，我將亡」，成為游絲一樣的牽掛。唯一一次做愛，亦如太虛幻境。即使在最後相見時的沉默交流，這女子形象仍是冰冷依稀。或許，如此便是這國家於男主人公印象的縮影。在這桃源一樣的異域，他們一面無情地播種現實。

船堅炮利打破了閉鎖的國界，輸送與索取。榮庫爾見證了這個國家的內戰與變革。旁觀自己的歐洲同胞，將武器賣給日本政府與反對者，漁翁得利；一邊將更多的蠶種帶回法國。但是，他亦看到這個國家在時代的錯亂中，如何保留了令人驚詫的美與精妙的儀態。貴族原卿所居住的府邸，「紙質屋壁上影像時隱時現，無聲無息。不像居家過日子，如果有一個詞可以形容這一切的話，那就是——演戲」。他豢養着價值連城的飛鳥，即使在戰爭中逃亡，亦有如樂章。那只巨型的鳥籠，成為榮庫爾難以釋懷，並且在晚年致力複寫的人生摹本。

在四次遠征日本後，榮庫爾卸甲歸田，建立自己的秘密花園。採菊東籬，只見南山。卻在六個月後收到了一封七頁糯米紙的日文長信，文字有如密集的「小鳥腳印」。他求助於城中的日裔名妓布朗夫人。以下章節是整部小說的高潮，布朗夫人口述，是以那個日本女子的口吻，回顧與敘說了與榮庫爾做愛的全程。「我們將不再見面，先生。」信件的結尾，小說寫道，榮庫爾「對時間幾乎失去了感覺」。

心靜如水的歲月。五年之後，榮庫爾的太太去世，在墓前出現了布朗夫人小朵藍花的花環。他終於知道，這封信真正的作者，是自己的太太。那個影子一樣，生活在他人生的榮耀及黯淡的角落裏的海倫。她以一個女人全部的包容與原諒，想像與回饋了丈夫的異國戀情。

這是我喜歡巴瑞可的全部。他對人性的珍視，體現在每一點隱忍與觸碰。他懂得人生與時代所有的洶湧，卻不加臧否。如蚌生珠，小心地包裹那些不堪與脆弱，只待見天日，熠熠而生。一如他的文字：「鳥兒飛得很慢，在空中上上下下，好像要將天空擦拭乾淨。用它們的羽翼，很小心地。」

第三章　關於「物」的四種勾勒方式

一、我們以氣息辨認彼此

——帕・聚斯金德《香水》

聚斯金德是我偏愛的作家，大概在於他一直保持着寫作與出版的節奏。遁世、和媒體之間的距離，幾乎形成了某種腔調。把握他的寫作軌跡，亦非難事，因為他的低調與低產。最初讀他的作品，是台灣版的《鴿子》（*Die Taube*），作者譯名是近乎可笑的「徐四金」，這是個充滿了台味的鄉土名字。小說文字卻是莫名的流麗與熨帖。其實情節十分簡單，寫一個墨守成規的銀行看門人，過着枯燥而與世無爭的生活，忽然被一隻鴿子所侵擾，方寸大亂的故事。不知為何，被這個可憐人的卑微莫名擊中。再後來便是《夏先生的故事》，以孩子的眼睛，寫成人的孤獨。那句著名的台詞「請讓我靜一靜」，有如銘刻。總覺得，這些作品，從某個層面是聚斯金德自身的寫照——灰暗、潔淨，帶着輕微的社恐。

然而，其最具知名度的作品，大概是《香水》（*Das Parfüm*）。這讓他在中國暴得大名，但我總覺得這並非典型的聚斯金德。大約因為它喧嘩而瑰麗，充滿了物慾流淌、高潮退卻的痕跡。讀完這部作品，會像是在沙灘上，喘息不止的一尾魚。當然，這部作品的世界知名度，或拜電影所賜。文字的密集絢爛，曾吸引了《閃靈》（*The Shining*）的導演庫布里克（Stanley Kubrick）。但他最終放棄了，因覺得自己力有不逮。二〇〇六年，小說終於被搬上了銀幕，操刀者是湯姆．提威（Tom Tykwer）。曾拍出《雲圖》（*Cloud Atlas*）的偉大的提威，致力而作的只是一部差強人意的電影。並非是沒有自知之明，而是《香水》實在是一個影像的陷阱，因為，這部小說的主角是「氣味」。

在《香水》中，反覆出現的一個詞彙——「王國」，這已決定了小說必然呈現的是迥異於現實的平行世界。在這個王國中指揮方遒的，是出身卑賤的調香師讓－巴蒂斯特．格雷諾耶。調香師，日常所見是邊緣地帶的神秘職業。我們對其想像，總是帶有異能的成分。我的朋友裏，恰好有一位調香師。最初的結識，因是我的讀者，而對小說中有關美食的片段感到興趣。這實在是一種機緣。因為食物氣味的落地與民間，可以化解一切不食煙火的想當然。出於好奇，我自然向他請教過一些專業問題，比如如何改善嗅覺的靈敏度，而不僅是依靠大眾層級聞咖啡豆的方法。後來，我寫過一篇有關香水的小說，為一個雜誌的聖誕特刊，叫做〈午夜飛行〉。這款古早版的香水，是「嬌蘭」與《小王子》（*Le Petit Prince*）作者艾修伯里（Antoine de Saint-Exupéry）的一次哀傷聯姻。所以小說背景必然是灰冷的平安夜。其中有這樣一段文字：

> 好吧。氣味與人，有自己的邏輯，類似一種可預見的順理成章。比方 Germaine Cellier 的手筆 Bandit，硬朗不羈，與 fairy lady 無緣，To Have and Have Not，需以皮革壓陣，絕處逢生。Serge Lutens 的 Feminitè du Bois，騎鶴下揚州。孤寂落寞的招魂術，好似資生堂時代的山口小夜子。「午夜飛行」的主人，氣質應有厚度，並非暗夜妖嬈，而是曾經滄海。

不可否認，這篇小說有向聚斯金德致敬的成分。說到底，寫的是由氣味對人的辨認。或者說，氣味從某種意義上而言，是人的另一種存在與輪廓。而香水，則是對其魂魄的虛擬。

《香水》中，格雷諾耶是個天生沒有氣味的人。他出生在十八世紀臭烘烘的巴黎。

沒有徹底的工業化，沒有健全的法治，資本主義萌芽經過了近三個世紀的發展，已經改變了這個城市的氣息。這城市生機勃勃，同時臭得活色生香。格雷諾耶生在臭氣熏天的魚檔，被生母遺棄，命運幾經輾轉。然而，在他還是個嬰兒的時候，就令人恐懼，因為他沒有正常人的氣味。換句話說，對其無從辨認，像是沒有影子的人。這自然令人聯想起浮士德與魔鬼的交換。是的，作為交易，上天令其天賦異稟，有一個才能卓絕的鼻子，可以辨認這個城市中上千種氣味。這是傳奇的開端，也是《香水》這部小說，在十九世紀的經典敘事的外殼之下，感受包藏其中現代小說的鋒刃。這是一個殘缺的天才尋找「存在」的故事。他並不具有「人類因累積多時的污穢而產生的腐爛氣味」，這為他的人生帶來焦慮也帶來了動力。他既為世俗的世界所拋棄，必然要重新建構另一個世界作為對自己的補償。而他的人生軌跡，包括對他人的影響，都可視為達至這一終點的副產品。小說中稱他似「扁蝨一般活着，靠一滴經年的血便可活下來」。這決定了他某一種寄生的屬性，又猶如某種詛咒，當他完成某個人生階段，被他寄生者，從其生母、育嬰堂加拉爾夫人、製革匠格里馬、香水製造商巴爾迪尼和埃斯皮納斯侯爵皆不得善終，如同某一種黑暗死亡的接力。而其中有一根游絲一般的鏈接，就是氣息。

這其中，包括他拯救了日薄西山的巴爾迪尼的香水作坊。巴爾迪尼處心積慮仿製對手的作品「阿摩爾與普緒咯」，反覆研究分子式而終年未得。然而初次上門的格雷諾耶，以十分笨拙的方式，調製出了成分複雜的香水，並且令它的品質得以昇華。他不懂得所謂合成的規程，不按牌理出牌，他僅憑嗅覺與觸感，便研製出了極品。然而，蒸餾取香的嘗試失敗之後，他身染惡疾，卻在垂死之時得到訓示，幾近神諭。在滿師之後，他徒步去了南方，在荒山穴居七年。這一情節，十分弔詭。表面看，格雷諾耶餐風露宿，臥於坑道，猶如苦行；但是其內心卻以氣味開枝散葉，建造龐大的王國。「在這期間，外面世界發生了戰爭，而且是世界大戰，在希西利亞和薩克森，在漢諾威和比利時，在波希米亞和波莫瑞，人們互相打着。戰爭使一百萬人喪生，使法國國王失去了殖民地，使所有參戰的國家損失了許多金錢，以至它們最後終於沉痛地決定結束戰爭。」然而，格雷諾耶只是靜靜地躺在自己性靈的宮殿，不知有漢，無論魏晉。最後，他在類似天啟的時刻驚醒，意識到和世界的壁壘，是因為自身毫無氣味，這使得他恐懼，而再次走向了人間。

可以說，他所謂的新生，頑強地鍛造，不過是又一次尋找認同之路。通過氣味尋找自己，或者，製造出可物化自我的氣息。他在小城格拉斯駐足，連續地殺害少女，以油脂提取她們身上的香味，製造出可幻化人形的香水。人肉體已失，氣味永存而彌散。這是格雷諾耶的邏輯，他因而心中豐盈。在罪行敗露後，行刑台上，格雷諾耶再次以氣味行使神跡。似火的仇恨，變為無邊的慾望。他享受着萬人的頂禮膜拜，在迷離中接受香味的洗禮。

這是一部你很難以道德原則衡量的小說，因為它以物化的味覺，建造了另一審美時空。如此龐大絢爛，又如此不堪一擊。格雷諾耶是一個殘暴的天才，也是時代游絲一般堅韌的鏈接。他從氣味中來，再讓自己在氣味中粉身碎骨。如同那一抹似有若無的足跡，塵歸塵，土歸土。

二、古來世居於此，將來亦永駐不動
——三島由紀夫《金閣寺》

許多年前，一個長輩給我講了「南泉斬貓」的故事。當時似懂非懂，只感到這個故事，有着某種殘忍的魅力。後來，在《金閣寺》再三讀到這個故事，方知道它的出處來自《碧岩錄》，覺得極玄妙。一隻貓所代表的慾望誘因，以不可思議的方式被斬絕。這本小說中，數次有關於此的思辨。貓的隱喻，已超越了自我的迷妄與慾念，而成為美的凝聚本身。「它可委身於人，又不屬於任何人」，如趙州的智慧，參透對它的消滅，也只可流於形式。以一種武斷的方式斬斷了一切矛盾與對立，但這只是表象。物質的毀滅而留精神之永存。《金閣寺》的主人公溝口，終於得出了結論：美是怨敵。

因對這部小說的念念不忘，在某個夏天，我到達了京都。以參訪的心情來到了金閣。面前的它，太過堂皇與輝煌，與周遭的松柏與靜水，形成了莫名的壁壘。而我想像中的金閣，是可以它的光芒，澤被周遭的。我同行的一位朋友在看他用單反相機拍下的預覽。他說，照片上好很多。看實物，覺得美得很假啊。我忽然覺得，這個樸素的評價，其中的「假」字十分傳神。或許正是金閣的意義。它的美，出自於某種虛幻的意念，一個被現實摹寫的海市蜃樓。鎌倉時代的金閣寺，被學僧林承賢燒毀，我們看到的是一九五二年的重建。理論上比歷史舊存的金閣更為奢華，一改過往只有最高層「究竟頂」貼金箔的舊貌，而將二樓鎌倉時期的「潮音洞」也貼滿金箔。然而，十年後，這些金箔脫落露出了下面的黑漆，類似某種回歸本質的讖語。

「美是怨敵」，這或許構成了金閣與主人公溝口相愛相殺的主線。三島由紀夫如此執着對小說原型人生的複寫。家住舞鶴，偏遠寺廟主持之子。口吃，醜陋，有一個強硬浪蕩而不知所措的母親。他帶着父親給予他的幻象，入駐金閣寺。金閣的美如此頑固地對他造成壓迫，高屋建瓴地俯視與提醒着他人生的不堪與醜陋。這是命運難解的謎題。在現實中，我們不斷面臨着對美的悖論，親近與抗拒幾乎成為鏡像的一體兩面。想起晚近獲得奧斯卡獎的影片《寵兒》（*The Favourite*），有關斯圖亞特王朝的最後一位女王安妮。她強勢，依賴她的情人，同時任性乖張。她坐在輪椅上，凝望為她舉辦的舞會。在人們的載歌載舞中，情緒經歷了歡欣、黯然至憤怒；在窗口，她不經意聽到花園中宮廷樂師的演奏。這是一場刻意的取悅。然而女王臉上剎那的驚喜、沉醉旋即而逝，代之以歇斯底里的驅趕。是的，所有的美，對女王是惘惘的威脅，在殘忍地刺穿她強大的畫皮，展示其不幸與缺陷：受着痛風的折磨、不良於行；喪夫、連續十七個孩子夭折；無數有關權力的覬覦，都在此刻如針芒在背。這是不可一世的強悍女王，面對美的驚慌失措。遑論溝口，一個自知缺陷的小和尚在金閣前的無力。

然而，二戰戰局的惡化，京都岌岌可危。戰火遷延，將被波及的金閣面臨毀滅，無形間拉近了與溝口命運的距離。「燒壞我的火，也定會燒毀金閣，這種想法幾乎令我陶醉。」真實的金閣與虛幻疊合，以一種同歸於盡的壯美連結了這個年少僧人的心象。

> 這建築物的不朽壓迫着我，阻隔着我，然而，不久將被燃燒彈的火燒卻的它的命運，卻向我們的命運貼了過來。也許金閣會先於我們毀滅。這樣一想，金閣就彷佛是和我們經歷着同樣的生……

此後至戰爭結束的整整一年，是我同金閣最親近，最關心它的安危和沉湎於它的美的時期。說起來，這個時期，是我能夠將金閣拉低與我相同的高度，並在這一假定之下無所懼地愛金閣。

赴死成為溝口唯一與美無間的共性，而抹煞了他的自卑，考驗與錘鍊着他的心性。他似乎需要的只是耐心。然而此時，出現了至關重要的兩個人，對他造成動搖。鶴川與柏木，是溝口的大學同學，事實上擔任了他明暗兩極的導師。二者在小說中形成寫意性的對位關係。鶴川出身富裕，單純明朗，對世界充滿了善意和包容，將人性翻譯為他所理解的真淳溫柔；柏木則陰沉不定，在自身的缺陷中尋找存在因由，對現實還之以睚眥。書中，三島以「煉金術」指代二人對於溝口的影響。

我覺得鶴川是個精通煉金術的師傅，彷彿可以將鋁煉成金。我是底片，他是正片。我的混濁的陰暗感情，一旦經過他的心的過濾，就一無遺漏地變成透明的、放射光芒的感情……

柏木卻第一次教我一條從內面走向人生的黑暗的近道。乍一看，彷彿奔向毀滅，實則富於意外的權術，能把卑劣就地變成勇氣，把我們通稱為缺德的東西再次還原為純粹的熱能，這也可以叫做一種煉金術吧。

隨着鶴川的自殺早逝，斬斷了溝口與「白晝的光明世界」的連結。柏木在二者的較量中佔據上風。「我所有的潛在的感情，所有邪惡的心理，都受到他語言的陶冶，變成一種新鮮的東西。」「美是怨敵。」溝口的這一結論，正來自與柏木之間就「南泉之貓」的論辯。柏木說：「我對自身的存在條件感到羞恥。但和這個條件和解，與之和平共處，則是我的敗北。」相對溝口，柏木一雙「內翻足」，是個更有明顯殘疾的少年。然而，他卻在所謂正常人的審視下，確定了自己獨特的生存邏輯。「殘疾人和美貌女子都是疲於被人觀看的存在。他被窮追，就是存在回看觀看者。」他誇張與自傲於自己的缺陷，進而以之為武器，反客為主，去疏離與玩弄世人於股掌。「內翻足是我的生存條件、理由、目的和理想，也就是生存本身。」溝口親眼目睹了他以弱化與醜化自身，獲得了異性的同情與青睞，又毫不猶豫地將後者拋棄。他的野心，也包括與「美」的角力，甚至是對溝口與金閣的關聯的某種離析。其一，他喚起溝口對性的渴求，希望以之取代與覆蓋金閣的存在。然而，金閣以它固有的強大，「短暫地取消對我的疏遠，而親自化作這一瞬間來告訴我，我對人生的渴望是徒然的」。無論是面對房東女兒，抑或美艷的插花師傅，金閣橫亙在溝口與其慾望之間，以美的永恆存在，「阻礙」與「隔絕」了溝口的人生。其二，柏木送給溝口的那支尺八，使其意識到「美是嫻熟」。而這美與短暫的瞬間相關，因音樂稍縱即逝。柏木的審美和永恆砥礪，他愛的只有音樂與數日枯萎的插花，而厭惡建築與文學。「吹奏者造就這種短暫的美，宛如蜉蝣似的短命的生物，生命本身完全是抽象的，創造的……柏木奏罷《御所車》的瞬間，音樂這個架空的生命消逝了。」柏木在空氣中造就了美，喜愛的是「美的無益，美通過自己體內卻不留下任何痕跡，它絕不改變任何事物」。而當溝口同樣熟稔及享受於音樂的演奏，他發現，金閣未有如常在他「企圖化身為人生的幸福和快樂」時，阻止他的化身，而是容忍了他的「陶醉和忘我」。這令溝口因之對音樂這一「生的贋品」興味索然。

在一次窺測了主持老師的情事，而被排擠驅逐後，溝口終於決心以己之力改變金閣「不滅」的實體。在無望戰亂之災的殃及，他選擇親自燒毀金閣。如同貓之於僧眾，於他彷彿異己的金閣，如執念絕妙而不合時宜。唯有毀滅，成心象幻影，方得精神永存。歷史上金閣的毀滅，是對日本國人極大的觸傷。據悉《金閣寺》付梓前，評論家中村光夫曾勸說三島「不要寫第十章燒金閣寺的場面」。三島拒絕道：做愛到一半中斷，對身體是有害的。

「是年夏天的金閣，以噩耗頻傳的戰時黑暗為滋養，顯得更為生動和輝煌。六月間，美軍在塞班島登陸，盟軍在諾曼第田野上馳騁。參觀者人數也明顯減少了，金閣似乎愉悅於這種孤獨，這種寂靜。」論說《金閣寺》，總繞不過三島處理歷史的曼妙。二戰的喧騰與戰後頹圮，所有的壯烈隱現山水之間，聊作背景。又或者說，金閣的存在與否本身，便是有關歷史的讖語。它冷眼於此，面對一切慾念與愚妄，「古來世居於此，將來亦永駐不動」。

三、被收藏與被精簡的時代——谷崎潤一郎《陰翳禮讚》

記得舊年出了一件事，九龍區的「時昌」迷你倉發生四級大火。燒足三十四小時，未熄。火勢並不大，但因為現場樓層的儲物倉如同迷宮，物件紛紜，一星之火，處處燎原。其間兩名消防隊員不治殉職。慘劇甫定，香港人再次檢閱自己的日常生活。「迷你倉」着眼於「迷你」，是港人在地發明。地少人稠，空間逼狹，諸多雞肋之物，留之無用，棄之可惜。如何，便租借工業區或海傍的小型倉儲，擺放這些物件，租期一年至數年。我識迷你倉，是當年在港大讀書時。畢業的師兄姐，有如默契，將辦公室的各類書籍打包，紛紛存放於斯。回歸家庭本位後，對書籍封鎖致哀，如天人兩隔，永不相見。也有不甘心的人。香港有家文化地標式的書店，叫「青文書屋」，書店終因付不起高額租金倒閉。老闆是愛書惜書人，捨不得，便將書運至海邊倉儲，時時探望整理，有如對家人，想想是悲涼的浪漫。是年除夕，他照常去海邊倉庫理書，但是，徹夜未歸。第二天才被家人發現，已然倒斃在倉庫，屍身上是累累的舊書。原來書架不堪重荷，轟然倒塌，竟做了他不朽的新年墳塋。這件事當時在香港文化界轟動一時，有如寓言。說起都是唏嘘，彷彿知識階層的讖語。

歸根結底，是關於人的「物念」。最近看了一本書《我決定簡單的生活》，作者佐佐木典士，年屆三十六歲，是個自認生活失敗的出版社編輯。然而某一天，他有如醍醐灌頂，人生雲開見月明。他的人生轉折很簡單，全在實踐「斷捨離」。而在此之前，他是個連一張寫着電話號碼的便箋都捨不得丟棄的人，認為隻字片紙，全是時間見證。東方人惜東西，世界聞名。中國人愛儲物，多大鳴大放，美其名曰「壓箱底」。老式的中國家庭，誰家裏沒有一口與歲月同聲共氣的樟木箱，內裏鋪陳數條「國民床單」。母親往往是中堅角色，自嫁入夫家，便開始儲。生了男丁儲彩禮，弄瓦之喜儲嫁妝。到了大太陽的夏天，喜氣洋洋地曬霉，看着滿目琳琅，人生都有了指望。十八年後，再搬出一罈「女兒紅」，便是儲物的高潮至境。

若說儲藏，老輩人相關的記憶，是器皿。少年時，在外公家裏見過一隻罐子。外公家裏有許多舊物，見於日常。記得的，有一隻錫製的茶葉盒，上面雕刻游龍戲鳳，久了，泛了暗沉的顏色。外公說是以前經商時，一個南洋商人的贈與。如今還在用着，春天擱進去明前的龍井茶，到中秋泡出來還是一杯新綠。還有一隻叵羅，黃銅絲編成的，十分精緻，裏頭放着各種針頭線腦。這是外婆的陪嫁，以往的大戶人家，重女紅的培養。這叵羅說是明末的物件，一代代下來。奇的是，叵羅上鐫着「耕讀傳家」四個字，是訓示男子的；怕是當時對出閣的要求，除了盡自己的本分，還要做好男人的督導。但我外婆是讀新書的大學生，志不在此，這叵羅沒有碰過。倒是到母親一代，要學工學農。從學校出來，我舅舅學的鉗工，往後的幾十年因這特長有許多的奇遇。三姨學的針灸，後來下鄉時候，走街串巷給人做赤腳醫生。人生得美，給村民叫「西施郎中」。母親是長女，那年高二，擔起了照顧一家人的責任。她學了裁縫，會給弟妹做衫褲，會拆了勞保手套織線衣。這只叵羅，便被她翻出來，用上了。如今年紀大了，一見這叵羅還會念叨，像是說起故人。

罐子，卻沒有來處。陶製的，上了黑釉，擱在西屋裏不起眼的位置。因為這屋子本光線不好，就融進了灰撲撲的背景中去。記得我長大後，家裏人夏天尚有曬霉的習慣。外公的線裝書，一字排開。太奶奶的毛氅，從老樟木箱子裏拿出來，有嗆人的味道。全家都在忙活，那時有個小輩的遠親住在家裏，也來幫忙。不知怎的將那只罐子捧了出來，對外婆說，舅母，這個罈子醃鹹菜蠻好。一向和藹的外婆聽了，當時就變了色，厲聲說：小孩子怎麼亂說話。然後將罐子奪過來，畢恭畢敬地放回原處。低着頭默唸了一會，才離開。這一幕於我印象太深刻。或許是這儀式感稀釋了好奇心，讓我敬畏，竟從未想過打開那罐子看一看。後來寫一個長篇，是關於上世紀的家族故事。寡言的外公，有一天交給我一卷舊俄的貨幣，叫「羌帖」。是他少年時代蒐集的，裝在一個哈德門的鋁煙殼裏。如今，在自己家，仍可見母親將各種證件、雜物整齊地歸攏在了各種糕餅盒子裏。那個時代走來的人，總是對各種器皿有着不尋常的感情，愛惜，甚而眷戀，不忍丟棄。這裏頭埋藏的東西，怕是也說不清。

過年前夕，陪母親整理舊物，仍然驚異老人對存儲與分類的擅長。一個家族的沿轉，經過歲月幾輪的流徙與淘洗，遺留的便是這家族格局的縮影。除了必備的日用品，大多是文字資料與照片。我一直覺得，藝術家氣質的父親，娶了母親何其幸也。母親是理工科的教授，星座是處女座，她對數據的看重，以及對生活的嚴謹與整飭，成為日後整理我父系家族資料最令人心安的依持。母親的專業是工程數學，藝術的審美，未必是她的強項。但她如此耐心而堅定地，以自己的邏輯，將祖父的手跡、畫作分門別類。按照題材、年代，甚至兼及裝裱風格，無一處不妥貼。每每打開箱子，看到滿目琳琅，有一種清晰的秩序，是令人動容的。並且，母親隔段時間，會對這些整理作出調整，依據自己新的理解。這理解往往是來自家中的書信。祖父有不少書信遺留，其中又有相當數量是與他的三舅——鄧以蟄先生的鴻雁往返。鄧先生是中國現代美學的奠基人，與宗白華有「南宗北鄧」之稱。彼時其正在清華大學任教，和祖父之間書信，大多涉及舅甥二人對藝術的見解，對書畫作品的勘定，自然也包括日常寒暖。母親在這些書信中，能發現新的線索，去釐定一些先前收藏的盲區，比如祖父未有題款的作品。這使得她的儲藏，總帶有一些新鮮與精進的意味，因而樂此不疲。我的祖父母早逝，母親沒有許多服侍翁姑的經驗。良善如她，總覺得這種對遺物的整理與收藏，帶有彌補對長輩欲養而不待之遺憾的意味。

有朋友就說，日本人惜物但不惜舊。所以去日本淘古器珍玩、古着衣物，總有意外收穫。這或是另一種愛惜，所謂分之與人，物盡其用。日本人的愛惜，很微妙，儀式感很強，有時着眼於一個「藏」。谷崎潤一郎寫《陰翳禮讚》，首篇寫日本的家居，也寫日本人的糾結和「死心眼兒」。明治維新之後，日本站在東亞現代化建設的潮頭，卻處處將「新」與自己作對。谷崎便寫同胞為了惜護自己所謂的「日本風格」，幾乎以現代感為恥：想盡辦法，將一根電話線藏到樓梯背後、走廊一角；電燈的開關則藏在壁櫥下面，電線扯在屏風後。對「新」的愛恨交纏，全源於那點守舊的國民性。

數十年後，日本人自然不再抗拒現代的奇技淫巧。物極必反，卻為外物所役。當今極簡主義革命，佐佐木們終於出現，那就輕裝上陣，重拾人類尊嚴。書裏寫得很有趣。列舉丟棄清單，附贈心態糾纏。丟棄組合音響所有CD，告別附庸風雅，裝13終結；價格昂貴的不合身衣物，想着瘦下來再做戰袍：歲月如飼，妄想維止；儲在硬盤中的成人動畫：大慾不存，勇氣可嘉。種種種種，都在對抗一個永遠的生活迷思：「這個還能用，說不定哪天我會用到。」好吧，佐佐木告訴你，「Less is More」至「Less is Future」。一線之隔，羽化登仙。別想着多多益善，六套衣褲穿一年。浴室裏，一罐洗潔精、一條毛巾，再無贅物。這本書有一個副標題「丟東西後改變我的十二件事」，但很有趣的是，竟有三件關於他人：不在意他人的眼光，不害怕他人的眼光，不與他人比較。可見，所謂「擁有」的幸福，是外物所奴役的根源，也是囿於他人的咒語。賀施（Fred Hirsch）所稱 positional goods 當如是。「當我在一個晴朗的早晨醒來，上蒂凡尼去吃早餐的時候，我願意我還是我。」卡波特筆下的年輕靈魂，尚知憧憬鉛華落盡後的自己。人生開闔，萬物褪藏。說到底，百年歸後，皆是一具皮囊。

四、你真是個人云亦云的人

——安伯托．艾柯《帶着鮭魚去旅行》

若干年前的一個颱風天，我被困在香港機場。百無聊賴，開始刷社交媒體。凌晨三點，萬籟俱寂。除了一兩個夜貓子，就着紅酒拍攝傷心夜色，並無其他好景。這時，忽然刷到一座教堂。黑黢黢的牆體上覆蓋繁茂的常春藤，還有明亮天空中的流雲。標題是：敬艾柯。這是一個記者朋友。我於是留言：艾伯巴赫修道院？她回了一個笑臉，對啊，玫瑰之名。現在陽光好極了。

沒錯，這是電影《玫瑰之名》（*Il nome della rosa*）的取景地。以後提及艾柯（Umberto Eco），我總是想到這一幕。他的小說，似乎天然與時間差相關。白天與黑夜，互相不了解。在書中，並沒有陽光，只有動機離奇的謀殺案。《玫瑰之名》的調性，是陰冷的。關於對知識的敬畏、保護與毀壞，同時也懼怕人性本身。

正是這個陰冷的對毒藥鍾情的符號學家，在完成了陰森費解的偵探小說後，又出版了《帶着鮭魚去旅行》（*Il Secondo Diario Minimo*），你會懷疑這個艾柯存在的合理性。這簡直是一本日常吐槽大全啊。一個輕鬆、不羈又斤斤計較的怪老頭，一個人的吐槽大會。當然了，一切吐槽的開端，源於自己的名字。或許就是為了顛覆那個面目嚴肅的艾柯吧。「從小，人家就老用兩件事嘲笑我——我統共也就這個兩個把柄——第一，『你真是個人云亦云的人呀』；第二，『你不就是山裏的囉囉喂嗎』。」這篇叫〈生命不可承受之俗〉的文章，展示了令人難堪而無奈的事實，只是因為艾柯的名字（Eco）有「回聲」之意。他收集了「幾乎包括了所有印歐語系語言」對自己的書評標題，無外乎「艾柯的回音」、「回音的回音」甚至「回音的回音的回音」。艾柯認為，將顯而易見的事，當作來自上天的靈感，是因普通人執着於所謂「觀念」，無論這個觀念多麼微不足道。別的不說，有關姓名的評估，令我感同身受。多數陌生人聽到我的名字，立即心領神會地說：「啊，缺了一個『朱』啊，你為甚麼不姓『朱』呢，這樣你就可以叫『諸葛亮』了。」這其中的邏輯漏洞，其實不言自明。但是看着對方興奮的表情，我實在不忍掃興。其中一些還是長輩，當他們聽說了家母的確姓「朱」，便露出了恍然大悟又得逞的微笑，彷佛一切順理成章。我的人生被恰到好處地規劃了，而他們不過是舉重若輕的先知。

所以，在這本書裏艾柯化身日常達人，對周遭看不順眼的人事，可謂馬力全開。多半是對各種體制的嘲弄：〈帶着鮭魚去旅行〉一篇，寫的是酒店電腦作業系統的僵化以及對人的奴役；〈補辦駕照奇遇記〉針砭政府機構的效率低迷、人浮於事；〈空中的吃喝〉說的是飛機上的餐飲與餐具的不人性化，為乘客帶來的狼狽；〈財產清單編制竅門〉則寫大學的學院政治導致的繁瑣官僚手續，引發的資源浪費。

艾柯是個善於講道理的人。好在口氣四兩撥千斤，譏誚隨性，你並不感受到其中強烈的憤世嫉俗的意味。他的幽默多少消解了話題的沉重。《玫瑰之名》中有一句話：「熱愛人類的使者所執行的使命，就是讓人們對真理大笑，或者讓真理自己發笑。唯一的真理就是學會解脫對於真理無理智的狂愛。」這本書以補注的形式，對以上觀點作了精準的詮釋。

對於日常場景，他有着令人會心的判斷和概括。比如在〈出租車司機相處須知〉裏，有這樣一段話：

在意大利，出租車司機通常分為三大類：全程大放厥詞型；通過沉默駕駛宣告憤世嫉俗立場型；不斷描述其碰到的這個或那個乘客以純粹敘述進行自我減壓的那種類型。

基本上，這是放之四海而皆準的定律。更重要的是，一般遇到的往往是第一種類型。相較艾柯所描述的各個種族司機的奇葩行徑，我覺得自己算是十分幸運。我在柏林遇到過一個出租車司機，他告訴我，開出租車只是為了消遣，他擁有哲學博士學位，卻厭倦一成不變的生活。所以他談論的話題非常廣泛，可以從胡賽爾一直聊到孔聖人。但這不代表他不接地氣，他向我推介了幾家餐廳，都很經得起考驗。尼斯的司機，循環地談論馬克龍太太出席不同場合的衣服款式和顏色，但對總統本身，則沒有任何議論，打開音響播放威爾第以表明自己沉默的立場。我遇到米蘭的女司機，花了很大力氣將首都羅馬人貶低得一無是處。她給我看她弟媳的照片，說真不可想像這個「土肥圓」怎樣俘獲了弟弟的心。這個場景，讓我想起中國現代文化史上有名的「京海之爭」，確是不共戴天。其實我很喜歡北京的司機，因為坐一趟出租車，基本等於參加了十個本地朋友齊聚的飯局。大到國是，小到天氣，可以在最短時間內，最有效地對我進行知識更新。

這本書裏，還有一篇〈面善〉，實在是讓人心有戚戚。說的是你在大街上遇到很面善的人應該如何處理。因為你既想不起他的名字，也不記得在哪裏和他見過面。「但是，那張臉實在是太熟悉了，熟到我覺得不停下來跟他打個招呼就很對不起自己的良心。」事實上，教養良好的我們，通常不至於不知所措，而企圖為自己的失憶圓個謊。此刻，我們每個人都成了推理高手和算命大師，希望從蛛絲馬跡中和對方重拾舊好，而又不至於被看出破綻。如艾柯所展示的心理活動：「要不先發制人？叫他一聲，招招手，然後從寒暄中努力尋找出線索，最後斷定他是何方神聖？」但這篇文章的有趣之處在於神轉折。這個面善的人，其實並不是你的故交和親朋。他只是一個從未和你有人生交集的電影明星。「難怪我們會如此熟悉他們的音容笑貌，有時候，熟悉的程度簡直超過了我們的親戚。」因此你平白無故地想和他打招呼。艾柯寫了自己的懸崖勒馬：「我克服了自己的熱情，與他冷淡地擦肩而過，把眼光投向無限的虛空。」但這個轉折，多半在中國是不成立的——哪裏有這樣平易近人、沒有助理和保鑣、可以讓人隨意近身的明星呢。

艾柯的另一些文章，則有警示之功，讓我們檢視自己貌似正常的生活。比如他寫到自己一段很拉風的經歷——去挪威的斯瓦爾巴群島研究邦加民族。他很驚異的一點是當地人的語言藝術，他們似乎完全不懂得甚麼叫做話裏有話，或者綿裏藏針。他們在任何的對話和行為中，都如同發表人權宣言，要求開門見山，振聾發聵。比如，在開始交談時，他們會宣佈：「我開始說話了。」比如請客吃飯，他們帶你就坐會隆重地介紹：「這是桌子，這是椅子。」「現在介紹女僕，她會問你要吃甚麼，然後你告訴她你要吃甚麼，然後她會端給你。」換言之，邦加人的鉅細靡遺充分說明，他們似乎不太清楚約定俗成或順理成章的意義。甚至他們在電視裏播放嚴肅的政治清談節目，忽然紳士派頭的嘉賓頭一偏，說：「我們來段廣告吧。現在對着我們的攝像機是某某型號的。」艾柯認為邦加人之所以將不用言傳的事情如此誇張地展示，在於他們「愛表演」。但是，我卻覺得，這種方式之所以被接受，恰恰構成了一種堅固的社會契約。這個契約的核心是互信機制，因為只有說出來，眉清目楚，才是對聽者負責任的行為，而我們平時太相信所謂心領神會之說。邦加人的生活方式，無形間將可能帶來傷害和隱患的人際灰色地帶，杜絕了。

此外，艾柯也向我們介紹了一些生活的技巧，比如〈廢物大全〉，借一次飛行經歷上接觸的航空導購讀物，吐槽了一批華而不實、巧立名目的所謂新產品，比如「無敵防呼嚕錶」、「十全十美功能毯」、「調味料自動選擇器」、「神奇萬用記事本」，無不是在邏輯上左右互搏、化簡為繁的物件。這一篇很值得我國崇尚斷捨離但同時沉迷某寶購物的朋友們讀一讀。另外，還有一篇〈色情電影真諦〉，得承認，艾柯在這一篇委婉地開了黃腔。但一個帶着學究氣的老司機，還是蠻可愛的。他最終為情色藝術片和色情片，設定了鑒別的壁壘：如果角色從A點到B點花費的時間超出你願意接受的程度，那麼你看的那部電影就是一部色情片。

最後想表揚一下這本書的譯者，很好地傳達了艾柯的幽默，又實現了入鄉隨俗的發揮。比如標題「可找到組織了！」，又比如談及標點符號的濫用，非常機靈地引用了李白、魯迅和顧城的作品。至於在講到一些看起來很科學，但有着拾人牙慧實質的尷尬藥品名稱，將某個意大利藥品翻譯為「瀉停封」，便是很讓人捧腹的惡趣味了。

第四章　每座城市的文字明信片

一、奼紫嫣紅，白駒上陌

——白先勇《台北人》

因為去作一個關於白先勇先生的講座，重讀《台北人》。一讀之下，只覺得恍若隔世。第一次讀這本書，還剛上大學，覺得書裏頭寫的，都是陌生人；如今再讀，卻都是似曾相識的故交，舊地重逢一樣。這才意識到，不同的年齡和心境，讀同一本書的感受。

台灣公視，近年連續以白先勇的小說為題，拍攝了幾部電視劇。聲名大噪的是《孽子》，之後便將目光投向了《台北人》。《孤戀花》和《一把青》，兩部中間相隔了十年。那時的袁詠儀是雲芳老六，演縱橫百樂門的花國皇后，操着不純熟的粵式國語，卻並不違和。袁與生俱來有一種舊人氣息，這很微妙，或許臉上始終有種曾經滄海的肅穆。她在稚齡時拍過的《新不了情》，裏面就有。那個女孩兒，純真，但因為混跡市井江湖，自有一番和年齡不相稱的世故。《孤戀花》中，這女孩兒或是長大了，世故成了風塵氣，但仍有一種剛毅和清醒，是可以定海的。更好的是李心潔。這時的她，剛拍過彭順的《見鬼》，演技已有心得。但難得的是，這裏面的五寶，眼底仍然乾淨，沒有一絲霧霾，但又盛得下人生的重量。裏面有一個鏡頭，雲芳對她細數過往，痛定思痛。五寶只微笑着，淡淡說：阿姐也是吃過苦的人。

小說裏頭，這五寶長着一張三角臉，「短下巴，高高的顴骨，眼塘子微微下坑」，雖然眉目端秀，卻是悲苦的薄命相。李心潔演得好，好在將這苦埋進心裏，臉上卻是哀矜勿喜，還存有一點對時世的討好。雲芳與她兩個，在蘇州河上，她說景色美。雲芳說：「生活過不下去，哪有心情看風景呢。」她微笑，依舊還是四圍看着。

《台北人》是遷衍與放逐的主題。白先生筆下，這些台北人是政要大員、富商大賈，也是暮年老兵，還有惶惶而來的升斗小民。到了新的地方，都要安身立命。這裏頭不包括五寶，她橫死在了上海。雲芳從上海「百樂門」的紅舞女，成了台北「五月花」的經理。如她一般的，還有尹雪艷、金大班。這時，男人們多半斂了聲氣。但這些有鬥志的女人，到了台北，仍然要縱橫捭闔。和男人鬥，也和寥落的世界鬥。儘管這戰場，格局小了很多，「百樂門的廁所，只怕比夜巴黎的舞池還寬敞些呢」。金大班曾經滄海的感嘆，有鄙夷，更多的怕是不甘心。但她和尹雪艷，到底是東山再起。練就了火眼金睛，四兩撥千斤，也練就了處變不驚。白先生在訪談裏頭說，將尹雪艷是當作「尤物」來寫，續了飛燕、太真的傳統。徐壯圖一個有為青年，為她家破人亡。她自有膽參加追悼會，無所避忌。順道就在追悼會上約了牌搭子，到自己的公館裏打麻將。

人心的硬，不是一時一地的練就。〈一把青〉裏頭，年輕的朱青中學未畢業，嫁給了飛行員郭軫。郭在徐州一戰罹難，朱青抱了郭的制服，要去給他收屍，有人攔，便亂踢亂打，一頭撞在電線桿上。醒了病了幾個禮拜，只剩一把骨頭。待到了台北，輾轉重逢，朱青已是歷練風塵的女子。和空軍裏的新兵逢場作戲，唯獨對一個小顧似動真情。然而造化弄人，小顧卻也在桃園機場空難喪生。人再去看望朱青，卻見她「正坐在窗台上，穿了一身粉紅色的綢睡衣，撈起褲管蹺起腳，在腳趾甲上塗蔻丹」。戰火、生死、時代、人心，哪一樣不是將人生生地磨硬了、磨糙了。

歐陽子稱這本書，認為白先勇與福克納最相似的地方，是多寫「現實世界的失敗者」。如是觀，書中縱然仍是一團錦繡，但總是舊去了許多成色。「原來奼紫嫣紅開遍，似這般都付與斷井頹垣」，或是《台北人》中女性的嗟嘆。相較下，白先生寫男性，落敗的悲壯感更濃烈些，或許不及女性因地制宜、入鄉隨俗的本領。這些人，並不見得都是青白的脊背，瘦細身形的年輕「零餘者」。況味不盡相同。其中有幾篇，寫老境中的男子，自有一番見微知著的格局。〈梁父吟〉裏有兩處意象用得極好。寫樸公的書房，一幅中堂，是文徵明的《寒林漁隱圖》。兩旁聯對，確是鄭板橋的真跡。「錦江春色來天地，玉壘浮雲變古今」，一是主人公自喻處世之態，一是其應對常變之心。樸公年屆古稀，年老的副官也已過花甲。前者和王孟養有桃園結義之誼，古稀公祭辛亥同儕，悼亡的是時代，也是自己。這文中頗多隱喻，耐得推敲。一是樸公幼孫效先背誦〈涼州詞〉；一是樸公與雷委員對弈，不覺蒙然睡去，待他醒來，雷委員恭然告辭。樸公道：那麼你把今天的譜子記住。改日你來，我們再收拾這盤殘局吧。

〈冬夜〉裏，兩個多年未見的老友，一是衣錦還鄉，一是黯然落幕。可都不談當下事，遙憶「五四」運動，說到年輕時「勵志社」的老朋友，多半不在了。活着的，境遇又大相逕庭，有的潦倒度日，有的加官晉爵。最後故人告辭，余教授的囑託，卻是自覺難以啟齒地為稻粱謀。其中有一個段落，寫得頗令人唏噓，余嶔磊被老友談起少年時打進趙家樓的壯舉：

> 余教授那張皺紋滿布的臉上，突然一紅，綻開了一個近乎童稚的笑容來，他訕訕的咧着嘴，低頭下去瞅了一下他那一雙腳，他沒有穿拖鞋，一雙粗絨線襪，後跟打了兩個黑布補釘，他不由得將一雙腳合攏在一起，搓了兩下。

這便是曾經滄海和現實的黯然。多少英雄意氣，終敵不過時間如洗的磨蝕，乃至一個日常細節落魄的提醒。這些男人，以回望的姿態，作為最終志向未酬的救贖。〈國葬〉被稱為《台北人》的結語。一個老副官，跟了長官李浩然一輩子，後卻因身體原因被遣散。「打北伐那年起，他背了暖水壺跟着他，從廣州打到了山海關，幾十年間，甚麼大風大險，都還不是他秦義方陪着他度過的。」將軍歿去，如今他回來奔喪，無人識得，再見故人，卻盡已是物是人非。

生者悼亡的意義，是由遠及近，推人及己。秦義方回憶李將軍，戎馬倥傯，一字一句，沒有他自己，但又全是他自己。在白先勇筆下，「義僕」是重要的人物意象。他們猶如歷史座標，本無聲息，似有若無。卻是立足當下者，連綴過往。〈國葬〉的年老副官，〈思舊賦〉中的羅伯娘與順恩嫂，皆是如此。主人傷逝，缺席，他們便是主人及時代的生命鏡像，是對過去的招魂。招之即來，揮之不去。

最後想說的，是這書中所寫，中國人的體面。大的遷徙，是人的試金石。你要放棄所有，或者被所有遺棄。連根拔起。財富、聲名、家世，所有的累積，皆蕩滌一空，只餘一具皮囊。但是你身上的烙印猶在，榮譽似負累，也似原罪。於人終有所支撐。〈花橋榮記〉借米粉店老闆娘之口，道出世家子弟盧先生的前塵往事。「盧先生是個瘦條個子，高高的，背有點佝，一桿蔥的鼻子，青白的臉皮，輪廓都還在那裏，原該是副很體面的長相；可是不知怎的，卻把一頭頭髮先花白了。」在眾人的人倫禮義消弭在了市井的粗礪絕望中，盧先生堅守着家鄉桂林的一紙婚約。這是他最後的底線，也是崩潰的邊緣。〈遊園驚夢〉中的藍田玉，原是名伶，在南京嫁給了年老的將軍錢鵬志。將軍去世，身後凋零。錢夫人自然風光不再。只因「長錯了一根骨頭」。富貴若浮雲。十五年後，她赴當年姐妹桂枝香竇夫人的家宴，穿的是一件壓箱底的墨綠杭州旗袍：

她記得這種絲綢，在燈光底下照起來，綠汪汪翡翠似的，大概這間前廳不夠亮，鏡子裏看起來，竟有點發烏。難道真的是料子舊了？這份杭綢還是從南京帶出來的呢，這些年都沒捨得穿，為了赴這場宴才從箱子底拿出來裁了的。早知如此，還不如到鴻翔綢緞莊買份新的。可是她總覺得台灣的衣料粗糙，光澤扎眼，尤其是絲綢，哪裏及得上大陸貨那麼細緻，那麼柔熟？

這份體面，到底要的有些勉強。寧舊勿新，仍看得見骨子裏的一份自尊。白先生說，要「為逝去美造像」：「我寫的那些人裏頭，雖然時代已經過去了，可是他們在他們的時代曾經活過……在他們的時代裏是有意義的一生。」這些人與事，帶着一點不甘，有的與時間砥礪，更多的是和解。去日如白駒，歌者猶遺存。

二、亦中亦西，可口可樂

——蔣彝《倫敦畫記》

關於蔣彝的著名軼事，和享譽世界的飲品相關。一九二七年剛剛進入中國時，「Coca-Cola」有個拗口的中文譯名「蝌蚪啃蠟」，不開胃到極點，可想而知長時間銷售慘澹。負責拓展全球業務的出口公司在英國登報，以三百五十英鎊的獎金重新徵集譯名。一位旅英學者從《泰晤士報》獲悉，以「可口可樂」之名應徵，一擊即中。力挽狂瀾的人，就是蔣彝。

如今看來，這個脫穎而出的譯名在市場上的斬獲，可謂令人擊節。我上課與學生講到商業翻譯的「信達雅」，仍常以之作範本。其他提及包括「宜家」（Ikea）或者「露華濃」（Revlon），當然也是頗具典故的妙譯，但總覺不及「可口可樂」活色生香。

這件事，足以說明兩點：其一，蔣彝是個很有趣的人；其二，他對中西文化觸類旁通。但這本《倫敦畫記》，副標題是「啞行者在倫敦」（The Silent Traveler in

London）。緘默的形象，總與有趣有些不搭調。事實上，字裏行間的蔣彝「聒噪而溫暖」。「啞行者」系列，派生自他的個人經歷。其字「仲雅」而諧音「重啞」，一是紀念早年投筆從戎，也曾「金戈鐵馬入夢來」（北伐期間，給自己更名為激情昂揚的「蔣怒鐵」，略見一斑），但其間得罪地方權貴，他鄉遠走，有苦難言。再則初至英倫，英語能力欠奉，諸般感受語塞於胸，有聲卻類啞。「在湖區的兩星期，我幾乎完全靜默，因平靜而生的喜悅將會是我在英國的難忘回憶。」蔣彝對此念茲在茲，甚至以「重啞」羅馬字首 C.Y. 作為自己名字的縮寫，此後又送給了女友英妮絲·E·傑克遜（Innes Jackson）作了名字「靜如」（Ching-yu）。

看目錄，總疑心蔣彝是巨蟹座，因為篇目整飭驚人。上半部是倫敦的春夏秋冬、風月雪霧，下半部是倫敦的男女老幼、書茶酒食。但讀下來，行文風格其實類似漫談，隨意跳脫，有些信馬由韁。我喜蔣彝，在其謙和，將自己的文章低進塵埃裏。他稱所作畫記，為「枕下書」或「茶餘飯後的談資」，不為學富五車之人所著。並引斯威夫特（Jonathan Swift）對讀者的分類，不敢捭闔於膚淺、無知、飽學之間。其好有一比，說西方人很喜歡在中餐館點「Chop Suey」這道菜，其實就是廣東話裏的「雜碎」。意在混合瑣屑，亦成大觀。所以，你在蔣彝筆下，看不到針砭時弊。談及對政治的冷感，他甚而自稱還不及認識四年的老郵差健談。但有趣的是，在行文裏，蔣彝頻頻提到一本喜歡的雜誌《笨趣》（*Punch*）。這是英國著名的政治諷刺類雜誌，以批判時事、揶揄時人著稱。可見蔣氏的夫子自道，或許也是對自己一種大隱於市的人格保護。

事實上，他的文章裏，處處入手於微，但又頗見英國散文之譏誚。比如他談到某次宴請，關於女主人的形容，寫道：「如果我說她類似魯本斯（Rubens）畫裏的女士，你大概就知道，她看來甚麼樣子了。」這幾乎是蘭姆（Charles Lamb）的口吻。但整體上，上承明清小品性靈之風，或是西人愛他的地方。他談倫敦的夏天，回溯鄉情，說到中國人愛荷。其中有頗風雅的一筆，即將小撮茶葉置於花苞中，過一兩日，茶葉便會散發微妙若無的香氣。熟悉《浮生六記》的朋友，知其出處是主人公陳芸的作風。這一段用英文來表達，自然極其美妙。記得哈金的《等待》（*Waiting*），其中寫人物被毆打得「遍體鱗傷」，本是很普通的成語，但他用英文表達出來，是「傷痕累累，如周身魚鱗密布」，便帶來驚心動魄的美感。所以，蔣彝或也得益於這種文化橋梁的地位。

蔣彝的畫家身份，與文並重。他的父親是肖像畫師，無奈早逝，蔣未得其傳。後來四叔祖延請江州名家訓導其子，這個表叔並不成器；靠旁聽觀摩，倒成就了偷師學成的蔣彝。足踏東西，鮮有執念，故而舉重若輕。他談倫敦霧，也談寫生，透納（William Turner）、惠斯勒（James McNeill Whistler）、庚斯博羅（Thomas Gainsborough）等信手拈來。我很喜歡的一篇，是〈在美術館〉（"At Galleries"）。難得蔣氏有許多精準而樸白的藝術觀念，如以阿波羅和狄奧尼索斯指代東西方藝術的含蓄平和與強烈深沉。「中國藝術技巧主觀而空靈，嘗試讓人的感覺和自然的精神合而為一。相對的，西方藝術則是我所謂的客觀而戲劇化，想用人的力量控制大自然。我發現西方的繪畫是動態的，和本國繪畫中感受到的完全不一樣。」這些觀念，放到當今或不突出，但結合蔣所處的時代，是很先進的洞見。其坦言喜歡西方文化，卻並無媚態，而以之躬身返照。如〈談書籍〉一文，寫白話文運動過後，中英出版及文學的異同，他寫道：「在這兒我得強調，如今我們已能像欣賞古文般欣賞新式文章，我們還覺得，許多方面，前者對後者頗有幫助，可奇怪的是，雖然我們的新式文章較為容易，但許多西方漢學家並不樂意讀，即使我們讀的是現代英文，而非喬叟的古英文。

事實上，我們寧可保持高高在上的姿態，自負於得以閱讀『古代漢語』。真了不起！可這麼一來，世人對中國文學的誤解該多麼深呀！」最後一句，令人讀罷如坐針氈。蓋因當今學界，情況亦然。某顧姓漢學家對當代中國文學大張旗鼓的全盤否定，或為明證。

即使長居英國，蔣仍看重華人的身份。這由他談到中國的古典藝術家，以「我們的大師」稱之可見。甚至，當名聲日隆，也曾被誤會是日本人時，他在《日本畫記》中以詩明志，「朝朝多少遊春者，我是唐人知不知」。或許他的一雙「中國之眼」，永遠帶着飽滿的好奇，去刺探異文化的癢處。在他看來，英國作為民族的有趣，並不僅體現於會為了準點的下午茶而在戰爭中放棄攻陷敵手；也不僅止於可善待類似孔乙己行徑的偷書者並視其為「雅賊」；更不單是將偉人塑像放在廣場上任日曬雨淋、鴿糞盈額而沒有涼亭遮擋。她擁有一個完整而迷人又匪夷所思的文化體系。〈名字研究〉大約最能體現這種文化對撞感。這篇文章令人莞爾，在於蔣彝放棄了一貫的淡和筆調，從無法容忍英國人對有上千個「比爾」、「約翰」、「瑪格麗特」安之若素講起，進而「譴責」這個國家取名的隨意程度。這是一篇典型的吐槽文，甚至英國皇室也無法倖免。

蔣氏認為是所謂「民主」影響了這個國家對名字的謹慎。中國人取名原則「不以國，不以官，不以山川，不以隱疾，不以畜牲，不以器幣」，而在英國堪布蘭，一個賣羊肉的農民卻可以也叫「羊肉」（Lamb）。那麼姓自然也好不到哪裏去。巨大的好奇推動蔣彝做了似乎荒誕的事情，翻看倫敦的電話號碼簿並發現了諸多「無法想像的姓氏」。進而推論，一個英俊的年輕人來自「卡麥隆」（Cameron）家，意思是「歪鼻子」；一個竊賊可能是「高貴先生」（Mr. Noble）；一個生病走路慢吞吞的人可能是「匆忙先生」（Mr. Rush）；一個矮子可能姓「高人」（Longfellow）；一名國會議員可能是「管家先生」（Mr. Bulter）。這種揣測，或者帶着點淡淡的惡意，也是兩種文化對接時必然付出的代價。其實西人看中國人的名字，又何嘗不若此。有次小聚，一位藝文界的前輩，說歐洲電影圈談及張藝謀導演皆稱 Johnny，眾人自然很費解。聽他解釋才明白，西人將張的姓名發音按自己的習慣拆解為 Johnny Moore，自然將張導演叫成了開修車行的鄰家兄弟。

蔣彝筆下，中西有異。如英國兒童的成熟來自對大人的模仿，而老人則抗拒任何關於年齡的提醒。中國百善孝為先，以長為尊。漸入老境，從心所欲，不逾矩。又有相似處，比如體會「懼內」的尷尬，又視其為美德。

蔣彝的倫敦，着眼於人，包羅萬象。見諸細節處，則猶抱琵琶，全賴中西讀者各自解讀。一如他寫一個大霧天，中國友人帶美國朋友登山的故事：

登上了山頂，四周盡是綿延的霧靄，盡頭處是小山模糊的輪廓。「可這兒甚麼都看不到。」美國朋友抗議道。「那就對了。我們上來，就是甚麼都不看。」中國朋友回答。……

三、那麼近，那麼遠

——中川雅也《東京塔》

原本寫此篇，或許是為了樹木希林。《小偷家族》在中國公映後，再次為是枝裕和帶來了聲譽。但這部電影的情節，進展到了祖母安然去世一幕，卻令我唏噓，有隱隱不安之感。而樹木希林似乎如在讖語中，未幾因沉痾辭世於東京。

在我看來，樹木希林是那種天生的好演員。意義在於，她所演的影片，似乎總在詮釋她現實生活中的一部分，而不是反之。那麼生活則成為她最大的舞台。《步履不停》、《比海更深》、《海街日記》、《我的母親手記》，細數下來，人們總是看到在主人公跌宕的人生背後，有一個平靜而日常的母親。她總是絮絮地說着話，這些話也許無關緊要，但卻無一字不讓我們似曾相聞。她不算溫柔，甚至時而刻薄，但無處不在地成為我們安然落定的沙床。

因此，分享《東京塔》，可能出於將欣賞的人集合在一起的私念。它的作者，是

Lily Franky，本名中川雅也。沒錯，正是《小偷家族》中父親的扮演者，一個荒唐潦倒而真實的角色。在成為是枝裕和的御用演員之前，他的身份是職業漫畫家，以及作家。而這本書，正是他的自傳。同樣恰如其分，在《東京塔》中飾演他的，是「日本第一型男」小田切讓——不羈的個性、介於兩性間的魅惑與介於男人與男孩之間的不肯定，讓人物塑造有了奇妙的說服力。而母親的角色，再一次由樹木希林演繹。

這本小說的副題，叫做「母親和我，有時也有父親」，會讓人自然有某種佛洛伊德式的不倫聯想，關於戀母與弒父的凜冽互斥。但事實上，這本書的主題，是關於和解，且層次多元。首先，剛才說過樹木希林的作品，似乎都在詮釋她的生活。似某種宿命，這一部沒有例外。書中的母親，早期和父親分居，但並沒有離婚。任由父親信馬由繮，浪蕩於塵世間，偶爾酒醉回家，便對家人施以拳腳。母親帶着兒子，是那個顛沛流離打拼半生的角色。但在母親罹患淋巴癌，被兒子接到東京，生命的最後，父親如歸帆浪子回到了她的身邊。三口之家以這種方式團聚，順乎於自然，水到渠成。沒有任何人唏噓或質疑，也沒有人想去探究這二十多年來的過往與辛酸。而在現實生活中，年輕時特立獨行的樹木希林，同樣愛上了搖滾浪子內田裕也，五個月後，穿着牛仔褲閃婚下嫁。婚後卻因為後者家暴，分居生活四十三年。樹木希林發現自己罹癌後，與丈夫和好，終於重新走在一起，終走向人生盡頭。

這部小說成書於二〇〇二年，影片完成於二〇〇七年，對樹木希林而言，是對人生複寫兼預言式的演繹。然而，因為筆下兒子這個角色的存在，無疑為這本書增加了豐富得多的維度。

主人公雅也出生在福岡縣的小倉，附近的八幡是新日本製鐵公司屬下的大型煉鋼廠，曾標誌着日本戰後的工業騰飛。書中一筆，母親對雅也說，二戰時美國落在長崎的原子彈，原計劃攻擊的對象是小倉，但因為小倉天氣不好而作罷。若干年後，煉鋼廠已經被拆除，原地建起一座主題公園，裏面展覽了美國的航天火箭。在這弔詭的時代場景裏，雅也們艱辛而熱鬧地成長。他們目睹了筑豐的礦山關閉，和國手長島茂雄退役；他們的第一張唱片是布吉烏吉樂隊的《約克港，橫濱，橫須賀》；他們偷區議員的選舉海報廣告牌做棒球棒。雅也在約翰．列儂被槍殺那年，考上了東京的大學；而又因為姥姥忽然過世，錯過了滾石樂隊第一次來東京的演出。他的個人命運帶有某種演示性，與時代的變遷軌跡交疊合一。

他選擇去東京，只是因為父親的一句話。中學畢業，他的父親帶他走進一間酒吧，邂逅了變性的酒保。「這個世界上有各種各樣的人，有不同國家的人，他們都有不同的想法。去東京吧，去東京就能看到更多的人，去看看吧。」這個在他人生中長期缺席的父親，卻總不經意地在他重要的生命節點出現。世俗的角度來說，他實在不是個稱職的父親。幼稚、酗酒、不負責任，與母親分居近三十年，只是「發揮了最底線的作用」。然而，公允而言，父親並非是個太糟糕的角色，他有着本能的良善，近乎卑微而笨拙地取悅兒子。他抽着 Mr. Slim 的香煙，給兒子用木頭和野蠶絲做戰艦。他一邊混着社會，做着並不名譽的「建築師」工作，一邊關心着雅也的美術考試，在相熟的土耳其店裏輔導兒子兼作性啟蒙。

事實上，對雅也來說，有關來東京或許本身就是個辯證的選擇。我很喜歡書中的一個段落，是從作家的視角對這座城市的回首前塵：

到了春天，路上會有很多吸塵機來回，不斷吸進塵土。東京就像這樣的吸塵機，從日本的每個角落聚集來了很多年輕人。

黑暗中細長的水管，是通向理想與未來的隧道。一面顛簸，一面雀躍，最後期待戰勝了不安。我們的心被無來由的一種可能性吸引住了，認為只要到達那裏就可以變成一個嶄新的自己。

可是穿過隧道之後，展現在面前的竟然是一個垃圾場。

雅也的大學生活不算鮮亮，墮落地混了四年到留級，或許可成為這城市藏污納垢的明證。勉強畢業，和自己的莫西干朋友拖欠房租，為躲避高利貸東躲西藏。「在自由泛濫的地方，其實根本沒有真正的自由，只有貌似自由的夢想。」當得知母親患癌，他方明白母子二人生命相互着陸的意義。母親來到東京，作為自己最後日子的歸宿。她帶來的不是病痛和陰霾，而是十五年前母子相依為命的復刻。是大醬湯與米糠醃菜的香味，熱的洗澡水，疊放好的衣物與整理過的房間。「有熱氣和燈光的生活」中，雅也似乎也在不可思議的暗沉中醒來。母子間形成了某種默契，「感覺像是把那些曾經淡忘的、遺憾的事情，一件一件地彌補過來」。母親帶來的，也有來自鄉野的純樸的處事觀，她感受着都市人際的清冷。雅也的助手婉拒了她端來熱騰騰的飯菜，為她帶來了些微傷害。這或許便是滕尼斯（Ferdinand Tönnies）所指的「禮俗社會」與「法理社會」，在所謂人類的文明進步之餘所帶來的反差，以見微知著的形式生動描摹。

東京一年，母親的疾病並無惡化。一切似乎「運轉良好」，她也逐步融入了都市的生活，甚至獲得似是而非的愛情和友誼。然而命運並未太過善意，母親身上的癌細胞終於復發並擴散。在住院之前，她交代了很多事，唯獨沒有她自己。母親最後說的，是有關自己的葬禮。「媽媽一到東京就加入了互助會，從文件上看，是選了費用最低的葬禮，每月三千元，已經存了幾十個月之久。」她對兒子說：「完全不用麻煩你，一直在那裏掛着名呢。你跟他們聯繫就可以了。」

這是她走向生命盡頭的時候，最後的自尊。

在母親做化療的過程中，父親終於出現。仍然和母親用家常語氣，談着家常的話題，比如「用再生素後，頭髮長出來了呢」。電影的版本，面對着分居太久的丈夫，樹木希林不著一辭。但是，她臉上神情的微妙變化，卻驚心動魄。在被病痛折磨得憔悴的臉上，薄施粉黛，甚而繫上了顏色明艷的絲巾。始終是陌生而客氣的口吻，微笑地面對這個似在生命中可有可無的男人。距離與矜持，是這個苦難的老年女子，可以理解的體面。然而，看到她病情穩定，父親當晚決定要離去回筑豐時，母親竟忽然病危，出現了彌留反應。父親折返，守了一夜，看她慢慢甦醒，微笑地抱歉。醫生這時對雅也說：你的媽媽，是要留住你父親啊。

母親去世後，給雅也留下了一隻盒子。「請在媽媽死後打開。」裏面是有關兒子半生的紀念，鉅細靡遺。一隻紙袋裏是一截乾枯的臍帶，兩份保單給雅也和她未來的兒媳。此時，她不知兒子已經與女友分手。

這個母親，終日勞作，窮盡一生，只為兒子留下了一缸用來醃菜的米糠和一隻小丑面具。在一個陽光明媚的春日，她的兒子按照約定，將她的牌位帶上了東京塔。乘着老化的電梯，凝望這座塔所度量的時代。一層又一層，也是母親的年輪。到達頂端，看着經歷的所有。那麼近，那麼遠。

四、此心安處，逃之夭夭

——保羅．奧斯特《紐約三部曲》

許多年前，在我們家所生活的社區，發生過一起案件。我父親的同事，一個高級工程師，忽然失蹤了。兩年內，沒有任何音訊。活不見人，死不見屍。在家人幾乎放棄時，他忽然又回來了，與他離開時同樣突兀。這時，距他的身份被註銷，只有一個月的時間。他再出現時，並不見襤褸，相反十分整潔；但是臉上，掛着莫測甚至狡黠的笑容。第二年，他的太太就和他離婚了。從此他孑然一身，也放棄了自己的公職。老年後，他成為了我父親的棋友，但仍然對這失蹤的兩年隻字未提。再後來，在參加他的追悼會時，父親說，他一定是「過煩了」。

所以，當重讀保羅．奧斯特（Paul Auster）《紐約三部曲》（*The New York Trilogy*），我忽然想到了這位叔叔。他的幸運之處是，人生並未因為失蹤而被覆蓋。或幸耶不幸。《緊鎖的房間》（*The Locked Room*）中范肖這個角色，在他本人的導演之下，他的好朋友「我」取代了他的人生。在假設的死亡之後，「我」成為他文學手稿的經紀人，並令後者一炮而紅。此後「我」似乎順理成章地娶了他的妻子，成為了他孩子的父親。當「我」為這種平靜而安逸的生活甘之若飴時，忽然發現范肖還活着。「我」懷着複雜的心情與這位昔日老友會面，後者卻堅決地不願回到以往的生活，轉而將一本紅色筆記本交給我。這樣的故事，自然不會發生在中國，中國缺乏這樣的生活土壤和想像力。我們似乎太難以決絕地對待自己的逃離。「歸來」是一種妥協，也是一種代償。「團圓」似乎成為了某種意義上的文化魔咒。王寶釧十八年的寒窯苦等，等來了薛平貴，也等來代戰公主。西安城南曲江大雁塔附近有個五典坡村，據說是寒窯的遺址。窯前還有一座祠廟，祠柱上一副對聯，一聯寫着：「十八年古井無波，為從來烈婦貞媛，別開生面。」這是有關性別的弔詭。中國式的逃離，很難徹底。因為妻室附庸的意義，旁人指指點點，以及被覬覦染指，全都是男子自身的德行缺憾。歸來，含有破鏡重圓的意圖，也是社會認同的自我救贖。至於「叔叔」之後的離婚，那似乎是另一個故事了。

范肖逃離的兩年，沒有人知道其中的細節。奧斯特用了一種充滿存在主義戲擬意味的表達，來形容那本記錄了他失蹤期間線索的筆記本：「所有那些詞句我都非常熟悉，然而，它們湊在一起卻又顯得非常怪異，好像它們最終是在互相消解……每一句話都抹去了前面一句，每一段文字使下面的文字段落失去了存在的可能。」一個人可以如此完全地逃離，不留痕跡。

相反，奧斯特對追尋者這個角色的設定，顯然更為殘忍。首先是他必然是個足夠不幸的單身漢，或許是為了令他面對怪異的案情，可以輕裝上陣。《玻璃城》（*City of Glass*）的主人公奎恩，妻子喪生，鰥居依賴寫作懸疑小說為生。而奧斯特的另一部長篇《幻影書》（*The Book of Illusions*）中的主人公齊默教授的處境，更可說是奎恩的加強版，堪稱慘絕人寰。他的妻兒三人在一場空難中不幸遇難，並且如若他不是態度過於積極地趕上這次航班，或可以避免這場災難。所以，堅執的偶然性成為了悲劇的源頭。奎恩的委託任務來自一個荒誕的電話，原本是交託給叫做保羅．奧斯特的偵探（作家並非單純的自戀，事實上，你可以借此看到他龐大敘述策略的輪廓，這個名字可以無處不在，包括作者、人物，甚至讀者）。委託人是一個年輕的富豪，祈求奎恩追蹤出獄後的親生父親，以幫助躲避後者的迫害。然而最後，委託人與追蹤的對象雙雙消失。奎恩成了一個神經質般的守候者。等待的結果已不再重要，過程的消解，呈現出貝克特式戲劇的荒誕底色。

不難發現，奎恩的迷失是一種宿命。這從一開始的身份設定，已十分清晰。通過在命名上撲朔迷離的關係來實現。奎恩用威廉姆·威爾遜為筆名來寫小說，小說中的偵探叫沃克，而他冒名頂替的是一個叫保羅·奧斯特的真正的私家偵探。威廉姆·威爾遜也是其來有自，是愛倫·坡（Edgar Allan Poe）小說中互相砥礪的同名者。更有意味的是，當奎恩接近他的追蹤對象時，因為他是技術層面的保羅·奧斯特，所以他反以真名「奎恩」作為與老斯蒂爾曼交流的「偽托」。

而在第二部《幽靈》（*Ghosts*）中，命名的符號性更為明晰。布萊克（Black）偽裝為懷特（White），雇用了叫做布魯（Blue）的人。小說有這樣一段布魯的自道：

> 他躺在床上想，再見，懷特先生。你根本不是真實的存在，是不是？從來沒有一個叫做懷特的人。然後又是一番感慨：可憐的布萊克。可憐的靈魂。可憐的被毀的無名氏……我們所目睹的每樣事情，我們所接觸的每樣事情——這世上的每樣

事情都有自己的顏色。

接下來，文中事無巨細地羅列了這三個人名字（顏色）所指涉的事物。藍色包括藍鷺、矢車菊、紐約正午的天色、太平洋、藍綬帶陪審團、藍色法規和色情電影；白色有海鷗、燕鷗、鸛、房間的牆壁和床上的床單、休戰的白旗和中國人的喪事、母親的乳汁和男人的精液、無傷大雅的謊言和白熱化；黑色包括黑手黨、籠罩紐約的夜色、芝加哥黑襪隊、污點、黑色星期二和黑死病、黑信、筆尖裏的墨水和盲人眼中的這個世界。

奧斯特借此來表達文本意象的多重性與開放性。事實上，他的小說的確呈現出恍若交響樂的節奏。同時類似迷宮的結構，顯然取徑自博爾赫斯的敘事意圖。奧斯特在一次訪談中坦承自己受到了博氏的影響。後者《小徑分岔的花園》（*El jardín de senderos que se bifurcan*）裏的中國間諜俞琛，自身所充滿的不確定感，作為象徵構成了文本多義性的源頭。這的確非常迷人。插一句，這個角色也造就我對懸疑小說最初的興趣之一。《朱雀》裏泰勒這個形象，以中古七音編制曲詞，用來傳遞情報。除去了風雅與浪漫不談，這個美國間諜的形象，確也是向博爾赫斯的某種致敬。綜觀奧斯特的小說，多半有着偵探、懸疑小說的外殼，基本的套路是一個人對另一個人堅定地跟蹤與追尋。你從中不難發現愛倫．坡等人的印記。但他又無時無刻不在消解這個結構。任何的事件邏輯，步步為營，由因導果的企圖，在小說的最後皆被虛無化。案情因為一連串的偶然或者冥冥中的力量，發生了異變，使得探查者這個角色逐漸地步入窘迫，成為一個被操控的被動角色。在《玻璃城》中，老少斯蒂爾曼成為了對位式的壓力，而《緊鎖的房間》的整個故事，則由頭至尾被失蹤的范肖所推動。奎恩與「我」，則成為了傀儡一般的棋子，在布控的棋盤上且行且進。然而，這局棋因為結尾虛空的一筆，滿盤奇詭，是沒有任何覆盤的可能的。

或者這就是保羅．奧斯特，一個孤獨的偵探，在紐約清冷的街道上，豎着大衣領子，鬱鬱而行。這時候，你看他忽然回過臉，是一雙略帶驚恐的、疲憊而無力的眼睛。只是一剎那，你還未看清楚，他就又回轉身去，一點點地消失在熙熙攘攘的人群中了。

第五章　文學時空與太虛幻境

一、不在梅邊，在柳邊

——湯顯祖《牡丹亭》

白先勇先生晚近出了一本書，《一個人的「文藝復興」》，自稱這四個字是他一生的關鍵詞。究其淵源，是他認識到了中國文化在近一兩個世紀的衰落。「我們好像在世界上的發言權都沒有了，我想這是我們這個民族每個人內心的隱痛。」而文藝復興之路在哪裏。五四時期，我們曾經從西方文化裏找靈感，然而其途也艱。「一種文化，沒有根是不行了。」白先生最終回到了我們自己的傳統中去，在傳統的根基上創新。確實也這樣做了。自一九八二年，他投身於對中國六百年歷史的老劇種的推廣，以「崑曲義工」為己任，一做就是三十多年。

再作追溯，白先生第一次接觸崑曲是在一九四六年，在上海美琪大劇院。梅蘭芳戰後第一次公開演出，與俞振聲合演《遊園驚夢》。其中有一段「皂羅袍」，繞梁三日，揮之不去。可謂念念不忘，必有迴響。一九八七年，白先勇歸游南京，在「蘭苑」劇場，觀摩名角張繼青的拿手戲《三夢》。白先生回憶：「台上，張繼青『用一把扇子就扇活了滿台的花花草草』。」「在台下，我早已聽得魂飛天外，不知道想到哪裏去了。」

或許這一切，皆為二〇〇三年青春版《牡丹亭》奠定前緣。一齣九小時的經典大戲，台上台下，皆為年輕面龐。三個晚上，讓一眾從未欣賞過崑曲的大學生如癡如醉。二〇〇六年，青春版《牡丹亭》赴美國巡演。美國媒體評價說：「這是自上個世紀三十年代梅蘭芳赴美演出之後，中國戲曲界對美國知識界產生最大影響的演出。」

說起筆者個人有關《牡丹亭》的回憶，深刻的大約有兩次。二〇〇二年，白先生應香港中華文化促進中心和康文署之邀訪港，協同蘇昆來我的母校港大作崑曲講座與示範演出。陸佑堂人頭湧湧，全為看一折別開生面的〈驚夢〉。此次演出，後被白先生稱為青春版《牡丹亭》誕生的淵源。演出飾演柳夢梅與杜麗娘的演員，也即是後來在青春初版中擔綱的俞玖林和沈豐英。至今保留着與二位的後台合影，他們當時都是極年輕，看罷演出後，卻令人心生敬意。所謂風神俊逸，古典的神采間，有種沉着與神態流轉間抑止不住的放達與隨性。那是在作科與格律之外的。也因此，真理解了杜麗娘的心相，「可知我常一生兒愛好是天然」，竟是如此可觀可觸。此後的十數年，看過若干《牡丹亭》的版本，總會回溯那一次的驚鴻有聲。或許便是只如初見的魅力。另一次，是我返歸南京鄉里，拜訪崑曲大師柯軍、龔隱蕾賢伉儷。師姐習學崑曲經年，席間獻唱並向龔老師求教。龔老師親身指點並當場示範，又正是〈驚夢〉一折。雖是清唱，甫一開口，氣韻流轉間，竟是令人忘卻當下凡俗的如醉如夢。所謂繞梁三日，大約由那一瞬的點染神采為起始。也便理解了所謂青春芳華，厚積薄發。只一瓢飲，便令人有微醺之意。

一位叫湯顯祖的戲劇家，在四百年前寫下「臨川四夢」。而其自稱「一生四夢，得意處唯在牡丹」。此劇成於萬曆二十六年，時湯氏棄官歸里。沈德符《萬曆野獲編》載：「《牡丹亭》一出，家傳戶誦，幾令《西廂》減價。」那麼聲名卓著的《牡丹亭》，究竟是個甚麼樣的故事？

南安太守杜寶之女杜麗娘，青春少艾，冶麗多情。但其在父母嚴格家教束縛下，青春窒礙。一日，春至遊園，睡夢中與書生柳夢梅相會歡好，情愫萌動。醒後為情思所擾，後竟傷春而逝。三年後，柳夢梅赴考，經南安，借宿杜麗娘歸葬處。其拾得杜麗娘自畫像，愛慕不已。杜麗娘蔭靈自畫中出，與柳生幽媾。柳夢梅知情後掘墓開棺，杜麗娘復生，結為夫婦。但杜寶卻以盜棺罪名囚禁柳生，並強迫麗娘與之離異。後夢梅得中狀元，兩人終得團圓。

即使以當下之眼界，這故事穿越生死，仍可謂奇情迭轉。而湯顯祖在〈題詞〉中有云：「如麗娘者，乃可謂之有情人耳。情不知所起，一往而深。生者可以死，死者可以生。生而不可與死，死而不可復生者，皆非情之至也。」方生方死，向死而生，皆為一個「情」字。此亦為我們認識《牡丹亭》的題眼。

湯氏之「至情」說，其成形絕非偶然。湯顯祖生活的明中葉，王朝江河日下。在思想上，具有民主性的市民階層抬頭，個人意識凸顯，砥礪禮法秩序。其中尤以衝擊程朱理學的思潮為盛。人們逐步形成新的觀念，將「人」從神聖的倫理規範與枯燥的理學桎梏中掙脫，置身鮮活的現實生活中，體味世俗人情和感性慾望的合理意義。從而肯定追求俗世生活、獨立個體和自由個性。理學崩潰，王學興起。王陽明反對程朱繁縟儀節和束縛人性的教條，其引導了繼魏晉以來，中國思想菁英對人的感性欲求的大規模思考。這些思想被泰州學派繼承及發展，王艮的「百姓日用即道」、何心隱的「育慾」等，無不是對人自然欲求的重視。而湯顯祖在青少年時期師從羅汝芳（王艮門生），在思想上受到泰州學派的深遠影響。陳繼儒〈牡丹亭題詞〉：「張新建相國嘗語湯臨川云：『以君之辯才，握麈而登皋比，何詎出濂、洛、關、閩下？而逗漏於碧簫紅牙隊間，將無為「青青子衿」所笑？』臨川曰：『某與吾師終日共講學，而人不解也。師講性，某講情。』」湯顯祖公然以情抗理，提出「世總為情，情生詩歌，而行於神，天下之聲音笑貌大小生死，不出乎是」。由此可見，《牡丹亭》很大程度上為明中葉啟蒙美學思潮的產物。在各種思想紛爭中，湯顯祖博采眾長，擇善而從。其甚為感佩的李贄與達觀禪師，以「童心」和禪宗反程朱，亦為湯氏思想觀與戲劇觀的形成，提供了重要背書。他在〈寄達觀〉一信中云：「情有者理必無，理有者情必無，真一刀兩斷語，使我奉教以來，神氣頓王（旺）。」可謂氣勢如虹、壁壘分明。

湯顯祖為杜麗娘賦予「一生愛好是天然」的性情，可說其心志自喻。在此之前的文學作品，女性執着於愛情不乏其例，然個人意識之覺醒，卻至《牡丹亭》的這位主人公方顯氣象。我們回到令白先勇先生念念不忘的那段「皂羅袍」：

【皂羅袍】原來姹紫嫣紅開遍，似這般都付與斷井頹垣。良辰美景奈何天，賞心樂事誰家院！恁般景致，我老爺和奶奶再不提起。（合）朝飛暮捲，雲霞翠軒；雨絲風片，煙波畫船——錦屏人忒看的這韶光賤！

這一段文字的絢爛之美下，深藏壓抑不住的強烈生命律動。「原來」二字十分重要，可見其「不甘」之情躍然紙上。「遊園」之舉，對杜麗娘來說事出偶然，是侍女春香發現所致。在此之前，其囿於深閨，為嚴格家教所管束。官宦之家，「嬌養他掌上明珠，出落的人中美玉」。「西蜀名儒，南安太守」杜寶家規謹嚴，時查問女兒日常。杜母答「常向花蔭課女工」，春香不慎透露小姐「繡了打緜（眠）」的慵倦。太守繼而教訓，提醒杜母對女兒行止防微杜漸。甚而「怪她裙釵上，花鳥繡雙雙」，生怕惹動情思，並延師管教。〈閨塾〉一章，可見杜麗娘與塾師之間的觀念纏鬥。陳最良是一介腐儒，「自幼習學，十二歲進學」卻「觀場十五次」，鄉試次次落選。「燈窗苦吟，寒酸撒吞。科場苦禁，蹉跎直恁。」他為杜麗娘解講《詩經》，着眼「后妃之德」，「有風有化，宜家宜室」的說教倫理，麗娘卻「自會」於〈關雎〉「為詩章，講動情腸」。「關了的雎鳩，尚有河洲之興，可以人不如鳥乎！」這自然是「靠天六十來歲，從不曉得傷個春」的師父所不理解的。由此在遊園之後，其將春色移情於自身。「天呵，春色惱人，信有之乎！常觀詩詞樂府，古之女子，因春感情，遇秋成恨，誠不謬矣。吾今年已二八，未逢折桂之夫；忽慕春情，怎得蟾宮之客？」即此，其在花神保護之下，與柳夢梅雲雨，則是水到渠成。湯顯祖省卻了諸多繁文縟節，如表白、試探，而大膽直達情慾本質，可謂是對生命本體最到位的刻畫。這也為其後的出生入死、死而復生奠定了基礎。因情愛的虛空與痛苦，深感「這般花花草草由人戀，生生死死隨人願，酸酸楚楚無人怨」，杜麗娘一病而不起。照見自己病容，自嘆「哎也，俺往日艷冶輕盈，奈何一瘦至此！若不趁此時自行描畫，流在人間，一旦無常，誰知西蜀杜麗娘有如此之美貌乎！」此時，杜麗娘的覺醒與自嗟落定為對現實對抗的高潮。

【鶯嗁序】問丹青何處嬌娥，片月影光生豪末？似恁般一箇人兒，早見了百花低躲。總天然意態難模，誰近得把春雲淡破？想來畫工怎能到此！多敢他自己能描會脫。且住，細觀他幀首之上，小字數行。（看介）呀，原來絕句一首。（念介）「近覩分明似儼然，遠觀自在若飛仙。他年得傍蟾宮客，不在梅邊在柳邊。」呀，此乃人間女子行樂圖也。何言「不在梅邊在柳邊」？奇哉怪事哩！

【集賢賓】望關山梅嶺天一抹，怎知俺柳夢梅過？得傍蟾宮知怎麼？待喜呵，端詳停和，俺姓名兒直麼費嫦娥定奪？打麼訶，敢則是夢魂中真箇。好不回盼小生！

【黃鶯兒】空影落纖娥，動春蕉，散綺羅。春心只在眉間鎖，春山翠拖，春煙淡和。相看四目誰輕可！恁橫波，來迴顧影不住的眼兒睃。卻怎半枝青梅在手，活似提掇小生一般？

清代洪昇這樣評價《牡丹亭》：「肯綮在死生之際，記中〈驚夢〉、〈尋夢〉、〈診祟〉、〈寫真〉、〈悼殤〉五折，自生而之死，〈魂遊〉、〈幽媾〉、〈歡撓〉、〈冥誓〉、〈回生〉五折，自死而之生。其中搜抉靈根，掀翻情窟，能使赫蹄為大塊，逾糜為造化，不律為真宰，撰精魂而通變之。」而通觀全劇，可知其出入生死的關節，在一個「夢」字。所謂「因情成夢，因夢成戲」。吳小如評曰：「我們的湯顯祖在四百年前已成為寫

『夢』的專家了。」「夢其人即病，病即彌連，至手畫形容，傳於世而後死。死三年矣，復能溟莫中求得其所夢者而生。」話本《杜麗娘慕色還魂》中稱柳夢梅是「因母夢見食梅而有孕，故為此名」。湯顯祖對其改動，〈言懷〉中，這位嶺南才子自道：「每日情思昏昏，忽然半月之前，做下一夢，夢到一園，梅花樹下，立着箇美人，不長不短，如送如迎。」又說道：「柳生，柳生，遇俺方有姻緣之分，發跡之期。」因此改名夢梅，春卿為字。可見，此夢有因緣前定之意。梅柳二人花間相見，才有「是那處曾相見，相看儼然，早難道這好處相逢無一言」。杜麗娘一夢而死，柳夢梅因夢改名。柳夢為杜夢之引。「互夢」因情而生，二人執着於夢，故消融幻境與實境之界線。化虛為實，渾然一體，難辨彼此，以有證無。柳生夢梅下美人，因而確實尋得麗娘的埋骨之處；麗娘夢見柳生持柳，為日後在現實中尋找愛人提供佐證。而溝通陰陽故事，也正因「尋夢而亡」之故。「夢」成為故事結構的分界點及接合處，也作為一種手段可縱橫於人物的深度心理，進而潛入人物生命感受及情感體驗。

值得重視的是，在夢中反覆出現的「梅」「柳」意象。《牡丹亭》全劇五十五處，在十二齣中均有出現。清初吳吳山三婦評《牡丹亭》第十齣〈驚夢〉有批語：「牡丹亭，麗情之書也。四時之麗在春，春莫先於梅、柳，故以柳之夢梅，杜之夢柳寓意焉。」「梅」「柳」象徵的夢境所現，是獨立甚而平行於現實世界的情慾／理想空間，也是兩位主人公的生命指涉。〈寫真〉中柳生拾麗娘自畫像，有「半枝青梅在手」，已見杜以梅自喻，並作為自我的象徵與依託，而後穿梭陰陽，以「梅」之本，不見忘於柳生。麗娘死後的杜府成為「梅花觀」（〈鬧殤〉）；姻緣簿上記載杜柳日後「相會於紅梅觀中」（〈冥判〉），甚而麗娘魂魄親口道出「梅花呵，似俺杜麗娘半開而謝」。（〈魂遊〉）

而「柳」的意義，則通過杜麗娘的反覆強調，而確認與柳夢梅的身份關聯。「那夢裏書生，曾折柳一枝贈我。」（〈寫真〉）「咱弄梅心事，那折柳情人。」（〈診祟〉）「則為在南安府後花園梅樹之下，夢見一秀才，折柳一枝，要奴題詠。」（〈冥判〉）「曾於柳外梅邊，夢見這生。」甚而以柳推測「此莫非他日所適之夫姓柳乎？故有此警報耳」，由此，「不在梅邊在柳邊」如讖語前定，象徵杜麗娘的生死歸宿。而「折柳而贈」，則象徵其重生。柳暗示了出生入死、由死而生的過程。

事實上，柳生對麗娘之復生，可謂關鍵。「既與情鬼魂交，以為有精血而不疑；又謀諸石姑，開棺負屍而不駭；及走淮、揚道上，苦認婦翁，吃盡痛棒而不悔。」即此，

「梅」「柳」可視為情愛隱語，貫穿全文始終，〈幽媾〉一齣可謂達至高潮。杜麗娘於斯有一段心聲：「妾千金之軀，一旦付於郎矣，勿負奴心，每夜得共枕席，平生之願足矣。」「人世之事，非人世所可盡。」對湯顯祖而言，生死夢縈，以幻夢寫人世，是達至「情之至者」的必由之路。書中頗具意味的一筆，是麗娘還魂後，夢梅欲與之歡好。麗娘回道：「秀才，比前不同。前夕鬼也，今日人也。鬼可虛情，人須實禮。」「至情」回歸現實，仍可見其在「理」與秩序面前的無奈。麗娘之復生，以是觀，幸耶不幸。

《牡丹亭》行世之後，家傳戶誦，影響深遠。據傳與湯顯祖同時代的婁江俞二娘，讀罷斷腸，以朱砂批注全本，後感傷幽憤而逝。湯氏聞訊悼曰：「畫燭搖金閣，真珠泣繡窗。如何傷此曲，偏只在婁江。」杭州女伶商小玲，扮演麗娘妙絕，每演〈尋夢〉、〈鬧殤〉，如身臨其境，纏綿悱惻，後竟演中悲傷過度而亡。揚州少女馮小青挑燈閒看《牡丹亭》，和淚研墨，賦詩喟嘆：「人間亦有癡於我，何必傷心是小青。」後仿麗娘寫真，留逝人間。而後更有清代著名文人吳吳山（吳舒鳧）的未婚妻陳同、續娶妻談則、妻子錢宜先後評點，共同完成「三婦合評」《牡丹亭》的佳話。以《牡丹亭》為代表的

「臨川四夢」問世後，一批劇作家以之為圭臬，從立意至於曲詞風格皆深受其影響，出現了文學史上著名的臨川派（玉茗堂派，以湯顯祖書齋為名）。其中不乏傳世佳作，如孟稱舜《嬌紅記》。至清，兩位戲劇大家洪昇與孔尚任，其作《長生殿》、《桃花扇》，與《牡丹亭》更多有跫音同奏之處。

《牡丹亭》是在西方視野中影響力最大的中國古典文學作品之一。哈佛大學宇文所安教授與美國耶魯大學孫康宜教授主編《劍橋中國文學史》曾給予其很高評價：「我們從數百位讀者的評論可知，《牡丹亭》的巨大影響，並不在於這類理論層面；這部作品的崇拜者——男性、女性，精英、非精英，全都發自內心地深受感動。眾多劇作家重寫它，不僅僅是為了糾正那些明顯的犯律之處，而是因為他們深受原作的啟發。無論男性讀者還是女性讀者，動手重抄作品，還在朋友之間相互傳閱。年輕書生柳夢梅與佳人杜麗娘，二人都有文學才華，且都容貌出眾，他們兩人的愛情故事，幾乎在後世戲曲小說中的每一對情侶身上都留下了自己的印記。」

二〇一六年是湯顯祖與莎士比亞逝世四百週年，兩位戲劇巨匠遙望彼此，以傳世之作唱和。《牡丹亭》英文版的出版，青春版《牡丹亭》等多種崑曲版本在西方舞台的演出，遂昌政府與莎士比亞故里斯特拉夫德鎮關於湯顯祖和莎士比亞的文化交流合作關係的建立，二〇一四年在倫敦亞非學院舉辦的比較研究的對話會議，二〇一六年全世界範圍內舉辦的一系列紀念性研討與演出活動，皆體現這部不朽的文學作品跨越時空、彪炳古今的魅力。

他年得傍蟾宮客，不在梅邊在柳邊。

二、你不必為了任何選擇而追悔

——布萊克·克勞奇《人生複本》

中國似乎從未是以科幻著稱的國度，其來有自。晚清時期，出現「科學小說」的文體。一九〇〇年，薛紹徽譯《八十日環遊記》，見稱西方科學小說的第一本中譯本。國人亦躍躍欲試，〈空中飛艇〉、〈光緒萬年〉等篇適逢其時，魯迅稱「掇取學理，去莊而諧」。然而，中國的文學是很務實的。「苟不若吶喊或憂國，便無足觀」，科幻小說便如黑幕與鴛蝴等文學派別，成了五四以降「被壓抑的現代性」，且一壓便是很多年。

晚近世界似乎進入了科幻小說大年。中國作家的名字屢出現於雨果與星雲獎的獲獎名單中。引進版的作品更為豐盛，許多外籍作者作品亦為國人熟知。以科幻驚悚見長的布萊克·克勞奇（Blake Crouch）是其中一位，因《松林密境》（*Wayward Pines Trilogy*）成名。近作《人生複本》（*Dark Matter*），以科幻為表，卻不囿於此。

故事並不難進入。一個在芝加哥二流大學任教的物理教授賈森，在參加獲得科學大獎的好友的慶功宴後，被神秘者綁架，到了似曾相識的異境。由此，方揭開其人生景狀。原來，頗具科研天才的賈森，在其學術生命如日中天時，發現女友丹妮拉懷孕。因為愛情，賈森毅然放棄大好事業，選擇與女友結婚。而因其子查理的身體荏弱，丹妮拉亦中斷藝術生涯，全心相夫教子。兩人投入了庸常生活，直至查理十五歲，無怨而無悔。卻不知有人此時深有悔意，這便是綁架賈森的人，也是他生活在平行空間裏的分身——賈森二號。賈森二號在關鍵的人生節點，選擇了離棄女友，義無反顧從事量子力學的科研，並最終獲得帕維亞科學大獎。在波疊合等理論的精進研究中，他發明了可穿梭平行空間的箱體，並無意窺得我們的主人公賈森一號的幸福生活。高處不勝寒的賈森二號，忽然間懊悔於十五年前的選擇。於是，他便企圖以暴力換取/攫取賈森一號的人生。故事的後半段，即是賈森一號如何利用箱體，回到屬於自己的空間，與賈森二號艱辛博弈，奪回人生的故事。

相關平行空間的作品不算少。《源代碼》（*Source Code*）與《蝴蝶效應》（*The Butterfly Effect*）都曾讓我們津津樂道。然而，比較這類作品中主人公致力修改命運的強大衝動與企圖，《人生複本》體現出的是一種更為靜謐的觀照立場。作者自言，靈感來自「薛定諤的貓」。這只貓向以方生方死、死去活來的或然性令人難以琢磨。《人生複本》因無法追溯時間，只是在若干平行空間中穿梭，主人公看到的，更多是相異選擇後的既成結果。他不再是一個可大顯神通的拯救者，更多是接受與承擔。接受與愛人的素昧平生，接受另一個自己的早逝，接受另一種命運的崛起與頹唐。在小說中，同情賈森的醫生阿曼達（也是他階段性的人生同盟）的一連串質問，道出了借箱體游走的宿命之處：「你目睹了妻子被殺，死於可怕的疾病，你看到她不認得你，嫁給其他的男人，嫁給你的各個分身。在你精神崩潰之前，你能承受多少。」旁觀所帶來的無奈與無力感，使得《人生複本》擁有了某種與同類作品迥異的詩性氣質。我喜歡的一個段落，男女主人公在平行世界之一的邂逅。在那個世界裏，丹妮拉實現了自己的理想，成為一個畫家。她對眼前男人素不相識，一無所知。而賈森對她小心翼翼地觀望試探，唯一的話題是如何勾勒四季的湖泊。這場略帶尷尬而禮貌的談話，於漂泊的賈森卻有如甘霖，因為「純粹只是想聽聽她說話」。

在另一個平行空間裏，賈森守望着熟悉的街區，看着鄰居、家人往來奔走。當他告訴焦灼的阿曼達，他「一整天都坐在我家對街的長椅上」，阿曼達言辭激烈地斥責他，「那不是你家，賈森，他們並不是你的家人」，賈森回答「我知道」，繼而「從阿曼達的身邊擠過去，進入房間，在自己的床尾坐下」。這是令人心痛的一幕，同時也是小說哲學意味的衍生。賈森所做的一切，不過為了回家。他是命定的奧德修斯，漂泊在無窮盡的平行宇宙，不知歸處。而空間隨每一個選擇節點的分裂無度，使得無數的賈森都在回歸中迷失，挫敗，相生相殺。

小說的結尾，依然是憂傷的。當賈森回到自己的空間，與妻兒重逢，卻也不得不面對自己的萬千分身，每一個都眼含熱淚。他將選擇的權力給了兒子查理，他們走進箱體。查理打開那扇門，冰冷而無生氣的長廊，溫暖而光亮。

梁啟超稱科學小說中一類「專借小說以發明哲學及格致學」。科幻題材時常面對終極問題的拷問，往往萬劫不復。作者克勞奇是溫存的。《人生複本》的收束，卻以反抗絕望的方式，呈現希望。我們每個人，每個時刻都在選擇，都在漠然或投入地面對命運的分叉。我們未曾追悔，只因人生命途，如熊掌與魚，在現實中不可得兼。既如此，何若一往無前。行到水窮處，坐看雲起時。

三、無用之用，海市蜃樓

——喬治・佩雷克《人生拼圖版》

喬治・佩雷克（Georges Perec）的創作，一直在作選擇和揚棄。這並非簡單的先鋒氣質可以解釋。他在致力改變這個世界原有的輪廓。從這個角度來說，卡爾維諾用「事件」來定義，確非虛妄之辭。在一九六九年出版的小說《消失》（*La Disparition*）中法語裏最常用的元音字母「e」徹底消失。這是法語出現頻率極高的母音，e的缺失暗示母親的失蹤。

佩雷克所屬的「潛在文學工場」（oulipo），很顯然是在顛覆一系列原則，對字母、詞語或句子進行拆解重組，將結構和限制視為小說主題的具象。一九七八年出版的晚期作品《人生拼圖版》（*La Vie mode d'emploi*），成就其寫作訴求的集之大成。

小說的基本結構為一幢公寓大樓的縱剖面。樓裏房間、樓道、電梯、地下室等空間被分割成橫豎各十的一百棋盤格，每個格子裏都會有過去和現在發生的故事，以及它背後的故事。只有九十九個格子有內容，作者刻意製造不完整感，亦是人生寫照。並非殘缺，而是命運留白。作者依次描繪每個房間，以象棋馬步着法進行。小說包含了一百七十多個故事，涉及到一千四百六十八個人物。乍看並無整體故事框架和主人公，而是像拼圖板遊戲一樣，所有故事和人物都被精心分割成碎片，填充入公寓大樓的九十九格，讀者只有耐心把這些故事情節和人物形象拼接起來，才能隱約體會到小說的整體面貌。

每一塊拼圖，都不是孤立的。適當地嵌合於彼此的輪廓與形狀，相應無間，最終成為賞心悅目的圖案。這一刻，你定是滿懷成就感。但是，或許更有價值的，是過程。拼圖之間的砥礪、矛盾與融合。你在其中的試探、興奮與沮喪，同時間，你或許也意識到「拼圖」本身即是「拆解」的對面。「拼圖者的每一個手勢，製作者在他之前就已經完成過；拼圖者拿取、檢查、撫摸的每一塊拼圖版塊，他實驗的每一種組合，每一次摸索，每一次靈感，每一個希望，每一次失望，這一切都是由製作者決定、設計和研究出來的。」如此，你會意識到，這正有如我們人生的本相。我們的悲喜點滴，雖則微渺，卻嵌合於人生的漠漠大觀；同時，也因為我們自身的位置，構成了他人與這世界完整的風景。更重要的是，我們並不孤獨，因為冥冥之中，有一個遙相呼應的陪伴，為我們的人生作出規劃。一切意外與驚喜，有無盡可能，也有如命定。而這也正是《人生拼圖版》的主題。

人們的關注聚焦於這部小說的繁複結構，更難以忽略的則是百科全書式的物象堆砌。事實上，佩雷克在作品中無分巨細地陳列物品名單。它們縱橫游弋於歷史事件與藝術實驗，民生瑣屑。令人感興趣的，是三個最主要人物，如何實踐自己的人生與物質之間的微妙關聯。核心人物巴特爾布思，他的存在是整個小說人物命運軌跡彼此交錯的基礎動因。這是銜着金湯匙出生的人，生活無虞的前提下，一生執着於一項計劃。周遊世界，完成五百幅海景圖畫，並寄給手工藝人溫克勒加工為拼圖板，再用二十年時間將拼圖板逐一拼起，每復原一幅就寄回當年作畫之地，用特製溶劑把畫作變為一張白紙。「這樣，他五十年全力以赴的計劃將不會留下任何痕跡。」然而，這項計劃最終失敗，「巴特爾布思坐在他的拼圖板前，永遠離開了人世。桌子上擺着他的第四百三十九幅拼圖板，已經拼出的圖案是黃昏的天空，可是中間留下一個黑影——還缺一塊板塊。空缺的形狀正好是X，而死者手中拿的一塊板塊形狀卻是W。」作為計劃鏈條上的另一同盟，溫克勒除配合完成巴特爾布思的人生要務，則沉迷於機械性事宜，比如花十幾年時間製作一百多個耗時費工的魔鬼戒指，連賣帶送給周圍的人，甚至是陌生人；之後又做了一大批用小凸面鏡拼成的「巫婆鏡」，充滿了諷刺和惡意；同時間，溫克勒熱衷於為旅館標籤分類，標準是依據某一類特徵，比如哪些旅館位於同一條山脈，或都有一座火山，都擁有同一種特殊花卉、同樣顏色的招牌等。樂此不疲，至死方休。最後一位是巴特爾布思的繪畫老師瓦萊納，他本人的龐然規劃，是將公寓大樓裏所有的故事都用畫筆呈現，畫在一幅巨型畫作上。在此書的專章第五十一裏，作家甚至特意將瓦萊納想要畫出的故事全部一一列出，成為全書的核心章節。當然，瓦萊納最終結局是平靜離世，巨型畫布上，「只有幾筆木炭畫的線條，仔細地把畫布劃分成整齊的方格，這是一幢樓房的剖面圖草樣，上面再也不會畫上任何一個房客的形象」。

三者人生如此，同時統觀全書形形色色的人物故事，會發現，這些人的精神世界似乎表現出一種共同的傾向，或者說面臨着一種共同的困境：人生意義，對現代人來說，似乎在日益消解，統一三觀已很難形成。基本生存已經不再是現代人需要殫精竭慮的問題，這時，對「意義」的定義，既沒有了統一的答案，也無共同標準尺度。然而，人作為有自我意識的動物，本能地對意義產生嚮往，當認識到意義莫可名狀，又不可追求後，會產生如巴特爾布思此類遊戲傾向。他們為自己的人生設定遊戲規則，他們忠實於自我的感受，不相信任何超出人生經驗的價值理念，或多或少意識到世界的有限性和宇宙的無限性，因此對他人看法或者標準規範的人生，已無流連。換個角度而言，對意義的拆解，恰構成了另一種人生觀的建立。如我欣賞的散文家周作人，從凌厲浮躁至平和沖淡，其人生之達觀恰在於舉重若輕。他曾寫道：「我們於日用必需的東西以外，必須還有一點無用的遊戲與享樂，生活才覺得有意思。我們看夕陽，看秋河，看花，聽雨，聞香，喝不求解渴的酒，吃不求飽的點心，都是生活上必要的。」就現代人的生存體驗，在眾多的規劃與沉重的背負之下，需要的似乎正是片刻的信馬由繮與旁逸斜出。

在這部小說中，有一些配角，亦身體力行於此。如德博蒙先生。他是貴族之後、考古學家，生活優渥，於是全心全意投入建設獨特人生意義：尋找八世紀時，穆斯林在征服了西班牙後建立國家的首都遺跡。他在這個事情上花了可觀的時間與精力，採取的辦法也非常煩瑣，甚至猶若苦行。如他在歷史文獻中發現，自己要尋找的遺跡中有一座古堡，而古堡有七個大廳，第七個大廳「很長，最靈巧的神箭手也不能從這一頭把箭射到廳的那一頭的牆上」。於是，他就去考證當時射箭的最高紀錄，並且把射程的斜度計算在內，證明第七廳的長度至少有二百米，高度不低於三十米。然後再以此為依據，確定遺跡的大概位置，之後進行了五年艱苦的發掘，甚至他女兒的出生也沒有讓他中斷工作。可是，當他真的完成全部工作，撰寫了長達七十八頁的考古報告，並且總結出新的發掘方法後，卻自殺了。自殺來得非常突然，讓讀者為之一動。但為甚麼自殺，小說語焉不詳，但箇中意味深遠非常。

佩雷克向我們展示的，是人與物質之間最為奇妙的制衡為辯證。對物的執着與消解，陪伴着人的一生。所謂的意義，在巨大的思想景觀成為海市蜃樓之時，零落成泥。我們在其中，看到「無用之用」的美好，也體會到了理想主義在世俗的泥沼中，如何被踐踏、扭曲與毀滅。巴特爾布思最後的拼圖，是失敗的。表面可解讀為他與人世間的格格不入。但究其底裏，卻是作者對於「意義」追逐最為宿命的隱憂與呈現。所見斯是，令人唏噓。

四、南方的阿巴拉契亞

——羅恩・拉什《熾焰燃燒》

許多年前，和蘇童老師的一次對話，關於南方文學，其間談及正在籌備的新長篇小說，也便注意到了中國南北文化的差異。記得由京海之爭談起，談到魯迅的高屋建瓴，也說到沈從文與張資平久遠的過節，幾成論戰的塊壘。所謂文化的分庭抗禮，始終是一件令人悵然的事情。「先秦儒家出於中原齊魯，老莊出於南方楚地。」前者的砥實與後者的瑰麗奔放，各為體系，勢成水土。蘇童老師話鋒一轉至美國文學，首先談到福克納。叫做《南方》的小說，寫的是一次幾乎缺乏緣起的鬥毆事件。一個虛弱的來自阿根廷北方的病人，來到南方小城，手裏拿着一本《一千零一夜》，他走進了咖啡館，遭遇了閒來生事的當地人，悲劇就此開始。這小說中有一種篤定的邏輯，顛覆了我們對人性的成見。巧合的是，從某種意義上，這幾乎也代表了我對美國南方文學的初識。福克納為標誌的南方，總帶着中正的「哥特」味兒，隱隱的草莽與野性。其後的劍走偏鋒，邪惡的奧康納（Flannery O'Connor）與憂愁的麥卡勒斯（Carson McCullers），令我對南方文學陰鬱的意象漸趨抽離。因此，多年以後，當我讀到了羅恩．拉什（Ron Rash），竟有深切面對熟悉的陌生人之感。

拉什這部命名為《熾焰燃燒》（*Burning Bright*）的小說集，有種天然而靜謐的暗黑基調。這是我在初讀時頗感興趣而又無從詮釋的地方，後來明白，這始於故事中一系列小人物心頭的暗湧。善惡繫於一念，構成了這本書豐富而唯一的主題。相對奧康納淡而虛榮的褻瀆，拉什對人的勾勒往往明朗得多，這種明朗甚至會有泛政治化的嫌疑，如〈林肯的支持者〉，寫一個年輕婦人以「性」的犧牲保護自己的丈夫。當她的目光由蒼白的屍首漂移，凜然而樸素的面目，並不很令人憐恤。而〈上山路〉中的少年賈里德，則在密林中偶遇飛機失事，他將屍體上的飾物供給自己吸毒的父母。這個故事以破敗的聖誕節為背景，予人出其不意的鈍痛。〈盜墓賊〉中愚鈍的「我」，在會心中與看守人達成罪惡的同盟，風乾的屍首近在咫尺。不期然間，你會感受到生者在接受着某種諦視，失落而冰冷，帶着一絲嘲諷與同情。從某種意義上說，拉什的明朗來自更深而隱晦的比喻，指向人生的不堪與無望。

一如他的南方作家前輩，拉什執着於他所熟悉的地域空間——阿巴拉契亞山區，一個貧瘠而人性豐沛的地區。以上因素構成了這組小說中的悖論，浸透了冷暖交織的美感。開篇的〈艱難時世〉，是我喜歡的。核心事件微乎其微，甚至談不上構成事件，在大蕭條時期則不然。戈中山坳中的居民雅各布接連地丟失雞蛋，他懷疑自己貧窮的鄰居哈特利，當他暗示後者家的狗似有關係，哈特利旋即手刃愛犬，表現出令人心怵的驕傲與尊嚴。最後的真相是哈特利的小女兒因飢餓而偷竊。雅各布讓小姑娘吃下了那枚雞蛋，並且向妻子隱瞞了真相。微小的暖意，也因此由荊棘密佈的人生中流瀉而出。

拉什筆下的人，總是有一瞬的溫存，他不誇張，也絕不隱沒。他寫它的稍縱即逝，因為嚴酷的環境和不可饒恕的罪與罰。「不知情」成為他小說中鬼魅一般的力量，支持主人公的行為路軌，〈荒野之地〉中的帕森，將墮落的侄子送往亞特蘭大，而隱忍兄嫂的曲解；〈墜落的流星〉中的博比，將自己失敗的人生嫁接於對妻子的情感凌遲，陷入了自救與救贖無法釋解的僵局。拉什寫人的行為動力，對結果卻鮮少評估，甚至往往有迴光返照的一筆。〈熾焰燃燒〉中的那段忘年戀情，幾乎以抗爭之姿，對應人際的冷漠與無稽。主人公卡爾說：「從沒找到一個肯要我的女人，我這個人太少言寡語，估摸是個原因。」是的，拉什的人物是行動主義者，但大多緘默，他們在安靜而有力的動作中證明自己的存在感，以有些笨拙的目光撫摸愧對他們的時世。

或許，在常與之相對而論的卡佛（Raymond Carver）間，我更偏愛拉什。前者的極簡，深藏面對讀者的優越感。而拉什的簡單，是坦白無理由的。如面對小獸的眼睛，仍可以看見瞳仁中的一絲惶然。

第六章　女性書寫與歷史現場

一、黑水白山，停車莫問

——鍾曉陽《停車暫借問》

二〇〇八年，鍾曉陽在香港書展上作了一次演講，「停車莫再問」。演講期間，記者問她：「如今的你如果給《停車暫借問》時十八歲的鍾曉陽寫一封信，你會說甚麼？」鍾曉陽想想說：「你好啊，還記得我嗎？呵呵，真的不知道要說甚麼，相對無言吶。」這是印象中的鍾曉陽。「莫再問」，自然是向過去作別的意思。十年前的這次出現，距離她上一部小說《遺恨傳奇》的出版，也有十年了。

鍾曉陽便是如此，是一個讓人時常會念起的作家。這個作家的輪廓靜默而溫和，內裏卻有着某種能量，豐饒可觀。每隔數年，我會讀一遍《停車》，體驗還鄉的感覺。是你有一位老家人，過一段時間，就自然想去探望。問問他的身體近況，和他促膝說上一會兒話，也和他說說自己的事情。看他老是老了，依然眉頭舒展、神情安泰，便也就放心離去。

其實呢，鍾曉陽的故鄉，是無垠廣袤的東北大地，她卻寫出了江南味道。這江南不是濕漉漉的梅雨天，是陽春三月的江南——明亮、明朗、坦白、颯爽。一如書名其來有自，崔顥的五言絕句〈長干曲〉：「君家何處住？妾住在橫塘。停船暫借問，或恐是同鄉。」「長干」是地名，在金陵，也是我的原鄉南京。「橫塘」則在南京西南的麒麟門外，與長干相近。這情景，倒像是一幅陳而不舊的宋畫，背景是漭漭浩瀚的長江水色，數筆寥寥，一個身形俐落、眼神乾淨的淡墨少女，一派天真地與臨船的男子搭話。

或恐是同鄉，這是初讀《停車》的感受。王德威說，鍾曉陽是「今之古人」。我金陵人是南之北人。南人北相，心態也是北方的，便不難理解她筆下的白山黑水。高堂在上，亦有九旬外公細數流年，更不難體會她寫「撿拾零星日常牙慧，星星點點拼貼盛世豐年圖」的心境。《停車》看過若干版本，最喜歡的是手頭這本，因為書末新附了一篇後記，叫〈車痕遺事〉，二〇〇八年寫的，分外好看。算起來，是對近三十年的前事回望，談了《停車》成書的林林總總，但筆調卻意想不到的濃郁。這篇後記，以一句「王八犢子」開篇，考證了東北話，也進入了鍾母的生活底裏。「經過近半個世紀的廣東化，母親的家鄉話走樣走得很難看，北方口音保住了但東北腔和俚語沒保住多少。她現在講的是一種口音混亂的四不像混血語，就連東北同鄉也聽不出她是哪裏人。」一家庭流徙，經年衍化。旗人外婆劉氏無族譜家史可據，母親便記得的全是兒時的朵頤之快。「數不盡的家鄉的意象與氣味，銘記在母親的味覺裏成為一生的饑饞餓飽的記憶。」極其喜歡看鍾曉陽這樣集中地寫吃，全是明朗佻撻的意趣。高粱肥，大豆香，美酒佳釀滿金觴。只鋪陳，不矯飾，且全是時代印記。她寫外婆病癒，因為饞一碗下水湯，蹒蹒跚跚，從天亮走到擦黑，走到老佃戶的家。「阿呦沒想到運氣這樣好，碰上了殺豬的日子，下水湯要殺豬的日子，下水湯要殺豬當天才吃得着，一路上受寒受凍都值得了，長途跋涉就為了喝一口肉湯啊。」

看她寫外公。這外公愛話當年，提起與張學良的兒時交情。怒馬輕裘，翩翩俗世佳公子，廓落名場爾許時。便也想到我的外公。我外公人靜，商賈傳家，母親卻是山東的亞聖後人，所以身上的書卷氣是極重的。但又從小隨天津的姨父母長大，姨父是奉系軍閥，時任天津軍務督辦，出身行伍。耳濡目染，所以外公身上又有一種溫和下的果毅。他不太講自己的過往，大約九十歲上下，忽然愛講了，如潺溪湧泉。所以我很能體會鍾曉陽為何寫到祖輩事跡，情緒會如此噴薄。那真是忽如面對寶山，而惶然束手，然而情感冷卻下來，才知坐擁家珍。如她八〇年代隨母回鄉省親，聽到關東腔的東北土話，待到了家裏的福康街舊址，多年的母親夢中事物，皆有落實。「海市蜃樓終於有個實體讓我逐物相認。」我寫《北鳶》，到天津我祖父幼時所在，心裏記着他的話。督辦衙門，早就給日本人炸毀。他跟長輩在租界區裏做寓公，而今商戶林立，叫做意大利風情區。讀過的耀華中學還在，仍是市內的重點，還可見繫着紅領巾的鮮活面龐。

大約因為這篇後記極為砥實，煙火氣濃重，再看之前熟悉不過的正文，便覺如鏡花水月。到底是年輕的，年輕得純淨、透明。連寫人生的頹唐與不堪，都是不忍。寧靜和千重，家國濃墨重彩的背景下，兩個淡淡的小人兒。駐足而視，連手都沒有好好地牽穩，便各奔東西了，不知所終。而和爽然，寧靜稱他是一個「野人」。印象深刻的一場爭吵，卻是《紅樓夢》裏「非彼無我，非我無所取」的嘈嘈切切。

我們的歲月在奔馳、變遷/它改變了一切，也改變了我們……她正唸下去，爽然霍地拿起那本紅樓夢，亂揭一篇搶着和她唸：「無我原非你，從他不解伊。肆行無礙憑來去。茫茫着甚悲愁喜？紛紛說甚親疏密。從前碌碌卻因何……」她停了，她覷覷他，很是驚異，他竟是生她的氣，這個野人，在生她氣，唸得剁豬肉似的，她屏息和他鬥幾句，全讓他剁得碎碎的。

她低低叱道：甚麼屁大的事兒。

他梗着脖子不滋聲。她故意說。「你唸下去呀，最後兩句怎麼不唸？」你敢，她想。

卻聽得他粗聲唸道：到如今，回頭試想真無趣。

這無趣，還是小兒女賭氣的無趣，非真將世事看通透了。看鍾曉陽三十年後，再寫《紅樓夢》，寫她外公：

> 開始燒東西。燒書，燒照片，燒日記，燒銅版《紅樓夢》。愛撫過多少次的線裝藍面，一行行側眉批讀得爛熟，他自己畫的仔仔細細的人物關係圖。沒告訴任何人他就自個兒躲起來，一張張撕下扔到火盆裏燒、燒、燒。嘿嘿紅了，嘿嘿紅了。火舌紅紅裏他看着書燒成了灰。母親問他要書看，他說，沒了，沒了，燒了。沒說第二句話。

這是人生的真相。當年朱西甯稱鍾曉陽有「仙緣」，現實雖不過在香港一地，不中不西，可全困她不住。現在的鍾曉陽，文字自然是更圓熟，做讀者的，真不忍她墮入煙塵。鍾曉陽自己也不忍。古典是她的壁壘，亦是她應對現代的鎧甲。看她寫香港都市間營營役役的俗世男女，仍是一派古意：

> 我的妻子原姓霍，名劍玉，廣東中山縣人氏，生於一九五七年一月四日，家中兄

弟姐妹十人，排行第七。幼清貧，年十二即工編織，十五隨父學製餅，中學教育程度，性沉靜，端莊質樸，恬退溫和，峨嵋婉轉，女心綿綿，一種柔情，思之令人惘然。

《愛妻》裏的開門先山，看到的是向唐傳奇《霍小玉》的致敬。這是她對筆下的人物的保護與愛惜。總覺這份愛惜，造就了鍾曉陽對事對人的不決絕。當年鍾曉陽前往台灣領取聯合報小說獎，結交了台灣朱家姐妹，投入以台灣為土壤的《三三集刊》，定下日後文字深埋「張腔」的幼芽，有人因其筆下之風，將之與張前輩相提並論。但其實，張愛玲下手之穩而準，便是以人物庸俗化為代價。但鍾曉陽寫人寫到世俗，便已不忍。為了抑束這份決絕，往往將之寫至虛無。《停車》「卻遺枕函淚」一章，寧靜與爽然他鄉重遇，一五一十地過起了日子。倫理上，自是不為世俗見容，但是卻沒有人會戴一頂婚外情的帽子。因為他們要的東西格外的小，又格外真切。過日子就是過日子，做做飯，說說話，鬥鬥嘴。好不容易有了衝突，爽然後悔，啞聲遲疑說：「小靜，我老了，脾氣不好。」寧靜就已經泣不成聲。到了寧靜真的破釜沉舟，決定離婚，爽然倒已經逃走。小說最後的場景，定格於日常：一個老婦人晾衣服，吃麵包。寧靜看得入神，淚隨着風乾掉了。

如今再讀，遙遙的都是過去事。此情此境，如同作家〈後記〉中隔了三十年，寫其唯一一次回到母鄉。玉兔蝕，金烏墜，灑淚別鄉關，黑水白山無故人。

我指着門柱問母親：是你家從前那門嗎？她說，是，就是那門。

我又指着槐樹：是你家從前那樹嗎？她說，是，就是那棵。

二、黃昏入暗，一紙歸命

——黃碧雲《微喜重行》

與作家黃碧雲初見，如同小說中的情景。午後，我們約在天后的一間咖啡廳。途中，天忽然下起了雨，我走進一間地產鋪避雨。雨住了，走出來。迎面一位紫衣女士駐足，向我問路。正是黃碧雲。

如此相遇，機緣使然。黃碧雲溫柔地笑，說，這是一種人生的「提示」。亦然，或是她與新著之間的微妙聯絡。

《微喜重行》的男主人公，叫做「陳若拙」，典出《老子》：「大直若屈，大巧若拙，大辨若訥。」黃碧雲告訴我，實出偶然，最初她考慮的名字是「陳哀拙」，打錯了字，出來的名字是「陳若拙」。這是命運，她沒有再改，讓名字隨着男人的命運走下去。這人物或是屬於香港的：合情理的世故，勤奮，懂得迎合時代經營前途，些許功利與現實。然而，他「底子」裏的哀傷，讓他與世俗的成功，出現了裂隙：放棄會考，拒絕升職與移民。也便是這麼一點點的「拙」，令他的生命質地，蒙上一重切膚而柔潤的膜。黃碧雲坦言，這角色的原型，是她的兄長。女主人公的心事過往，來自她自己。「我用去很長的時間，將他變作一個我不認識的人，方才動筆。」「若缺」這個名字，則象徵着生命的缺憾，一生被拋棄，「我給她最後的名字『微喜』，給她的生命些微暖意，但終究不會太快樂」。

故事在「你」「我」間如對話展開。這一對兄妹的命運多舛，一男一女，互為鏡像。引力與排斥力，依戀與離棄，同樣可觀。他們以不同的方式，複寫父輩的歷史延傳。黃碧雲引入空間魔術，各種城市的變換：香港、紐約、台北、檳城、橫濱、新宿、增城，穿梭於歷史。主人公且行且進，聚散無常，相望而相忘。「這和我的家人相關，他們分散於世界各地。父輩有『鄉下』，有根在內地，落葉歸根。我們這一代卻鮮有歸屬，而也並不享受漂泊。這是香港予人的特性。這小說中的孤寂感與存在感，在離開香港後更為明確。若拙在異鄉之感受更為敏鋭與精細。微喜嫁到美國，若拙因工作到了北卡。如宿命，關乎承諾，因他們少時相約在美國結婚。他們終於都身處同一塊土地，部分實踐了儀式。而他們卻沒有再見面。」殊途同歸，同歸卻無人生交集。

這或就是黃碧雲定義的浮世哀涼。

小說後半部，時空之軌愈漸明晰。當年寫〈豐盛與悲哀〉，黃碧雲着眼兩座城市，表達時代場景跌宕之密度。以香港「拍攝」觀照上海，凸現歷史文本重構的虛擬。同樣作為一本空間之書，《微喜重行》中有關時代的更迭，藉由不同的代際實現。重疊交織，層層上溯。「我當自己是微喜，有關成長，首先知道的自己，以為沒有歷史，以為自己是獨立的人，凡事皆可掌握，以為世界是你的。小說以青少年時期開場，因熱烈，才有戀情。而後生活的瑣碎，慢慢浮現。一連串的遭際離散，讓她看到自己根部斷裂。死亡，九七或者政權的移交，種種種種。我小時亦不知道我父親有『鄉下』，慢慢才知道自己有過往。」她回憶起自己三十多歲的返鄉經歷。素未謀面，面對親屬，心裏疏離，感情上是這樣。「這就是上一代人的造就。好多事情都是由過去所決定，但下一代卻是未知。所以我將小說最後一場設計為結婚典禮。」黃碧雲淡然說，在這個時候，這個世界都不是我們的了。

談及新作中的歷史元素與跨度，黃碧雲認為其意義或出發點，仍然是「人」，着眼於「家族」而非「家國」。書寫過去並非來自於情感，是理性上的認知。這種聯絡，無法逃脫。猶如香港曾經的殖民地背景，已然存在，唯有面對。「我想與眼前發生的事情拉開一段距離，於是放眼歷史。我希望關注的層面更為廣闊。這或許也與年紀有關。」

由年紀的話題，我們談到了小說中的疾病與死亡。黃碧雲的小說中，疾病經常被作為一種關於「痛楚」的隱喻，成為考驗人性的試金石。〈嘔吐〉中的葉細細，童年陰影造成嘔吐性的性行為錯亂；〈捕蝶者〉中的陳路遠，殺人後臉上開始漲流膿帶血的暗瘡；〈雙城月〉中的曹七巧，在經歷了人生劇變後患上了癲癇失語症。早年種種，在黃碧雲筆下可謂觸目驚心。新作《微喜重行》由陳朗越至陳若拙，寫了兩代人有關疾病的傳遞。小說借父親引韓愈〈秋懷〉：「浮生歲多途，趨死唯一軌。」陳若拙的患病，以恬靜的方式展現，感受不到「痛」之所在，反有塵埃落定的通達之美。與黃碧雲聊起其中細節，若拙在癌症確診之後，回到公司，收拾遺物，將一封買的打折電池用公文袋包好，寫好「全新電池」，然後鄭重地交給了阿涼，這段落如秋葉落地，安和動人。「我們當初唯一所有，就是肉體，最後所餘，無他，也是肉體。」黃碧雲說：「我回顧自己的生命，因為這數年幾位親人的連續故去，我開始近距離面對死亡，如此之近。『死亡好像在和你聊天。』比之年少時，反而感覺沒有如此激烈。這些對我不是打擊，如同『黃昏入暗』，一定會發生，唯有等待。我想以前的我，因為敏感，人生於我而言，都是象喻，像是表演。而今人生則都是現實。」

一位出色的作家，往往有自己文學標籤式的關鍵詞。「溫柔與暴烈」與黃碧雲如影隨形了許多年，她早期的小說為文風提供了某種注解。在這本新作中，文字冷靜，不嗔不喜，筆調淡定甚至簡淨。想起黃碧雲曾在《七宗罪》的〈後記〉中寫：「飛揚到節制，這樣就有了年紀。」我問她，這種文風的嬗變因何而來。她笑了，說：「說這話時，我還年輕，路一步步走。十年前的我，還望着前面。如今無前可望，唯有回顧。生活於當下，情感已經過去。沒有前面的人，是不會很飛揚的。」

「我比較喜歡有年紀的小說，因為思索，而並非因為飛揚，所以觸動。」這一點，無疑為其後期語言風格的嬗變埋下伏筆。在小說《烈佬傳》中，黃碧雲的創見之一是大量使用粵方言入文。縱觀中文小說譜系，以方言為主體語媒進行寫作並非鮮見。早期韓邦慶《海上花列傳》吳語成文，是為大宗。當代作家亦不乏其人，如馬華作家李永平的《吉陵春秋》、台灣甘耀明的《殺鬼》等。而這些作品多以地域文化認同乃至與其相關的歷史延承作為指歸。然而，與上述幾位不同，黃碧雲對方言的選擇，更為清晰建基於其「人本主義」立場。在語言上亦表現出強烈的代入感，交雜着「俗語」、「俚語」甚至「粗口」的粵方言作為「烈佬」的主要言語方式，貫穿了整體敘事脈絡。「以其言寫其心」，表達對敘述主體的深刻體認。言及於此，黃碧雲的闡釋是：「我不會當他是一個對象（object）或他者（other），我不可以這樣對待他，因為這樣仍然會把他歸入社會的另類，不能把他歸入被別人排斥的一類。然後我就像是在外面看他，這就等於去動物園去看動物一樣，我覺得不可以這樣做，所以『我』一定要是『他』，然後那個表述才拿回主體。而主體是他，主角是他，不是我們。不是一個社會上所謂大多數人，去論述一個弱者。」

黃碧雲的節制感，體現為對作家自我身份的漠視與謹慎。作為一個文本特質相當強烈的書寫者，黃碧雲在這部小說中極力地收斂了曾經熟稔的言語表徵乃至語法結構，甚而規避了一系列見解性及涵蓋價值判斷的文字，以保證「獨白式」敘事的純粹性。這一經營的結果是，小說整體言語基調貌似單一而粗礪，卻更為渾然與可信，呈現出了類似尋訪類紀錄片的獨立審美品格。

而新作《微喜重行》，仍然延續了文本外在層面的節制感，而且作家對敘事語言本身的打磨與演進，已然內化為與小說主題的水乳交融。此作被作者定性為人生「祭文」，整體格調，頗有塵埃落定之感，不嗔不喜。就語言而言，行文用句皆相當樸素，句群之間亦呈現出張弛有序的節奏。尤值一提的是，作者以語言為表，透射小說中所隱現的情感線索與人生況味。前半部，記錄青澀過往，以記敘白描為長，用筆樸拙簡淨：

> 我在千葉縣一間房子等待你的信，我知道信不會來；你不想我也不想，老燕第一眼便看出的事情。房子在木頭房子的二樓，樓梯之前有一個日本庭院，又小又假，有一株給剪到細小的樹，庭院鋪着小石頭。信箱在地下，每天下午我會聽到郵差騎着單車經過，停下來或停不下來，我都會飛奔下樓梯，等信。

而後半部，則寫男女主人公經歷半生，各安其是，由小我至大我，生命由此而有所思悟，文字更為超脫空靈，滲入禪意：

恐懼不可知，還是恐懼知道？恐懼讓我們退縮？

不可知沒有內容：我們不知道我們有所恐懼；不可知的對象，還是對象嗎？說靈魂不滅，說往生，說地獄、火焰、六道輪迴，嘗試給我們的恐懼，一個具體內容；或鬼，鬼不是像人又不是人嗎？如果我們確實知道，鬼不過是像人的漂浮物，所能做的不過是揚過，有甚麼可怕？鬼為何要在暗處出現？因為鬼知道鬼不可怕，人只怕黑暗不能視，借暗嚇人；所有人描述的不可見未來，給予此生的形象，火，牲畜受苦，乾熱土地，讓那，讓最後，不那麼不可知，就不那麼可怕。

歲月的沉澱，如塵埃厚積，思之淚下。黃碧雲談及此，說如今的文字，或是十年舞蹈時光的賦予。「音樂強調一種對比，動靜之間，極少的動作與靜止，爆發，空白至靜默。這是我以前理解為語言的節奏感。長句與短句之間的膠着，如今放大至情感上的層面。這本新的小說，前面簡淡，後則詩性。前面是少年的輕盈，後半部反省生命，多一些內在的東西，欣賞後生的舞蹈，如此密集有力。有一位舞者 Rocío

Molina，爆發力很強，不間斷地爆發，大概也一如我當年的文字感覺。如今已不是這樣了。」

同血雙生，各自歸命。黃碧雲將自己的新作，總結為一紙祭文，為若拙的故去，為微喜的前半生，為那個將去未去的時代。她靜靜坐在窗邊，看着夕陽下的過往，彷彿看着數十年前的鏡中的自己，專注而寬容。

三、相濡以沫，今昔對望
——嚴歌苓《扶桑》

在第一部歷史小說中，嚴歌苓把女主人公——一個十九世紀六十年代的華人妓女定名為「扶桑」，其中便含深意。據《梁書．東夷傳》云：「扶桑國者，齊永元元年（四九九），其國有沙門慧深，來至荊州，說云：扶桑在大漢國東二萬餘里，地在中國之東。其土多扶桑木，故以為名。」法國漢學元祖金勒（De Guignes）以此為據，於一七六一年報告文史學院（Académie des Inscriptions et Belles-Lettres），謂其研究中國古史，發現紀元後五世紀，已有中國人至扶桑國。扶桑即在美洲之西。

作家賦一女性華人移民以扶桑之名，實則以先祖之「史」實暗示華人在歷史中應有的發言權利，將宰制文化中省略的歷史細節精簡為以姓名為標誌的「對抗記憶」，從而把矛頭直接指向「大歷史」。新歷史主義學者格林布拉特（Stephen Greenblatt）指出，為王者寫的大歷史是充滿謊言的。然而，在顛覆謊言的同時，少數族裔主體卻無法迴避回首民族苦難的痛楚。正像嚴歌苓所說：「記得我的長篇小說《扶桑》問世後，有的讀者讀到書中描寫早期中國移民所遭受美國人欺辱時，感覺到不適。我們即使有過尊嚴遭踐踏的歷史，最好還是被忘卻，最好我們自己也不要提醒，不提醒、忘卻，似乎那段歷史便不復存在。」對於這種態度，嚴歌苓借用大主教圖圖（Desmond Tutu）的話表達了自己的「怒其不爭」之情：「無視歷史真相是一種不負責任的犯罪，至少是對後世心靈的嚴重損害。」

為了再次喚醒華族在歲月中淡去的心理隱痛，嚴歌苓努力尋找着一個重構歷史的「特定環境」：一群瘦小的東方人，從泊於十九世紀的美國西海岸的一艘艘木船上走下來，不遠萬里，只因為聽說這片陌生國土藏有金子，他們拖着長辮，戴着竹斗笠，一根扁擔肩起全部家當。他們中極偶然的會有一兩個女人，拳頭大的腳上套着繡鞋。

這便是嚴歌苓為她的歷史小說所設置的背景。

華人大規模遷美，始於一八四八年。史家曾將移民的因素總結為一推一拉（Push-Pull），推力是指中國境內飢荒、內亂、貧窮，促使人民特別是南部省份福建、廣東一帶的居民試圖另謀生路。拉力指隨着加州金礦的發現，礦區、夏威夷工廠和美國西部鐵路建設所帶來的工作機會的吸引。

在「消解」的同時「建構」，暗示了歷史性文本內部的新陳代謝，事實上也指出作為少數族裔作家的嚴歌苓在撰寫「另類歷史」時所採取的「破立兼行」的策略，這種策略，我們不妨借用一下敘事理論批評家柯雷頓（Jay Clayton）的定義，稱之為「講故事」。柯雷頓在〈晚近弱勢族裔小說之敘事方向〉（"The Narrative Turn in Recent Minority Fiction"）一文中提出：弱勢族裔作家近年來特別重視講故事（story-telling）之主題處理，以及敘事技巧之加意強調，柯氏辯稱對於弱勢族裔而言，敘事即其文化記憶及文化存活的策略，敘事因而成為弱勢族裔政治抗爭之利器。以虛構故事對「正統」歷史質疑，產生反霸權的歷史論述。

「給讀者講一個好聽的故事」正是嚴歌苓的創作初衷，卻不是目的，如她本人所說：「我總希望我所講的好聽的故事不只是現象；所有的現象都能成為讀者探向其本質的窺口。」為此，作家虛構了一個關於早期華人女性移民的故事，並把這則故事當作指向「她者歷史」的「窺口」。

威廉．H．蓋斯（William H. Grass）曾經寫道：「我們篩選，我們構建，我們寫我們的歷史，並由此製作關於我們自身的虛構人物。」嚴歌苓選取了「扶桑」作為小說的主人公，正因為她是一個被男性歷史書寫打入另冊的純粹「她者」。

我在一本圖片冊裏看到一幀照片，尺寸有整個畫冊那麼大，因為此照片中的女子看上去十分逼真：從神態到姿態，從髮飾到衣裙質地，甚至那長裙下若隱若現的三寸金蓮。這是十九世紀八十年代的一個中國妓女，十分年輕美麗，也高大成熟，背景上有些駐足觀賞她的男人們，而她的神情卻表示了對此類關注的習慣。她微垂眼瞼，緊抿嘴唇含一絲慚愧和羞澀，還有一點兒奴僕般的溫良謙卑，那是盛服掩不住的。

這個端莊、凝重、面無風情的妓女形象就是我後來創作扶桑的原型。

一個生存在白人宰制語境中的中國妓女，無論在族裔或性別上都處於弱勢地位，是一個名副其實的「屬下」形象。嚴歌苓以之作為歷史書寫的對象，無疑暗含了對正統歷史的挑戰傾向。更加具有顛覆意味的是，作者充分發揮了小說家「講故事」的技巧，設置了敘述人「我」這樣一個角色，幫助扶桑從歷史書寫的客體身份中跳脫出來。扶桑的出場，是隨着「我」——一個生活在現代的移民女作家的發言開始的：

再稍抬高一點下頦，把你的嘴唇帶到這點有限的光線裏。好了，這就很好。這樣就給我看清了你的整個臉蛋。……

我已清楚了你的身世，你是二十歲的妓女，是陸續漂洋過海的三千中國妓女中的一個。

而作為被觀察的對象，「扶桑」很快完成了角色的逆轉而變為審視者：

這時你看着二十世紀的我。我這個寫書匠。你想知道是不是同一緣由使我也來到這個叫「金山」的異國碼頭。我從不知道使我跨過太平洋的緣由是甚麼。……

有人把我們叫做第五代中國移民。

現代人對歷史的審視，本身是一個非常具有「侵入」意味的主題，張愛玲當年曾請好友給自己的小說集《傳奇》設計過封面，借用了晚清的一張時裝仕女圖，「畫着個女人幽幽地在那裏弄骨牌。……可是欄杆外，很突兀地，有個比例不對的人形，像鬼魂出現似的，那是現代人，非常好奇地孜孜往裏窺視」。張氏言明：「如果這畫面有使人感到不安的地方，那正是我希望造成的氣氛。」「不安」源自某種失衡的狀態，歷史客體與現代撰寫者之間力量的失衡。實際上，在此情形之下，歷史只能處於被動的地位，保持緘默。

而我們看到，嚴歌苓卻輕易地將這種「看與被看」的僵局打破了。她將歷史書寫的主體與客體置於微妙的互動模式中，而且着意地建立起其間的聯繫。「我」和「扶桑」雖然身處不同的歷史時段，卻都是來自於中國的女性移民。這就使兩者產生了平等「對話」的可能性。

如巴赫金（Mikhail Bakhtin）所說：「單一的聲音，甚麼也結束不了，甚麼也解決不了。」在文本的閱讀過程中，我們發現歷史的演繹，實際依賴於「我」和「你」（扶桑）的默契與合作。兩個相隔百年的女性的聲音，共同建構一段「她者歷史」。這段歷史隨着對史料的挖掘與追索緩緩浮出水面，同時也形成了「我」與「你」對話的主旋律，並縈繞文本始終。

「我」將矛頭直指書寫宰制歷史的學者，因為一己偏見而塑成對歷史人物的「刻板印象」（stereotype）。「我」在失望之餘，開始主動地在史書中發掘，為「權威」歷史補遺，與此同時對「你」表現出自己的知識優越感。

「我」向「你」說明了自己的創作動機：「我告訴你，正是這個少年對於你的這份天堂般的情分使我決定寫你扶桑的故事。」因為「這情分在我的時代早已不存在。我們講到愛情時腦子裏是一大堆別的東西，比如：綠卡，就業，白領藍領，Honda或是BMW。我們講到愛情時都做了個對方看不見的鬼臉」。「我」指出了歷史書寫中所包含的現代意義，出於對在二十世紀已經絕跡的「情分」的一場憑弔。

為了加深「我」和「你」之間的交流，作者開始把目光投向空間場域，以歷史遺跡作為「我」與「你」之間的維繫物，因為從時間層次來說，其無疑是某種歷史見證的象徵。在這裏，一百六十本書所指代的「歷史敘述」無法幫助歷史的闡釋者「我」去了解「你」，甚而使「我」更加迷惘。「歷史敘述」的本質是對歷史的文本闡釋，而「任何的理解闡釋都不能超越歷史的鴻溝而尋求所謂的原意」，「所以，每一個人，每一個闡釋者都不可能找到一種超驗的理論而完全客觀地闡述歷史」。我按照自己的理解發言，企圖和「官方歷史」抗衡，翻譯和釋放出百年前的「你」被壓抑的聲音。但卻發現被釋放出的「你」，連「我」自己都感到不可解，作為歷史的因子，你是自足的。一切闡述只會使真相更加撲朔迷離，離「你」的謎底愈來愈遠。

最終，「你」的結局在「官方歷史」中呈現出「眾聲喧嘩」的場面。

你看，這裏記載的你在多年後的模樣：「近九十的她穿一身素色帶暗花的旗袍，顯然它的大部分是假的……沒人知道這位曾經是多部鬧劇（或稱悲劇）主角的女人一直在怎樣生活……她顯然是漂洋而來的三千中國妓女中活得最長的一個。」

另有幾本書對你是這樣記載的：「在金融區附近出現了一家小食檔，老闆看去有六十多歲。謠傳說她就是曾經名噪一時的扶桑。買食的隊伍總是從室內排到室外，但這間食檔卻從未擴大門面。」

也有的記載形容出一個我不大熟悉的你：「七十多歲的她坐在水果攤上削着菠蘿。她衣衫破舊，心不在焉接待偶然光顧的買主。」……

不管這些人給你多少不同的描述，我只認準我面前的你。

薩門・夏瑪（Simon Schama）曾作《死了的確定性：無根據的推測》（*Dead Certainties: Unwarranted Speculations*）一書，此書的宗旨是：讓不同的材料說不同的話。因此，一個人的死便有了不同的敘述，即不同的文本。有的是當事人的回憶，有的是後來人的解說，還有的是根據夏瑪收集到的材料自己想像出來的。作者對《扶桑》結尾的處理，可謂與夏氏一脈相承。眾說紛紜的情境，使真實和虛構的各種版本被重新體驗和敞開，歷史因此進入一種突破傳統的時間與空間局限的「未完成」狀態。是的，除了族裔與性別造成的差異之外，「我」還獲得一份在歷史與想像中徘徊之後的痛定思痛。「我」以一個女性移民作家的視角「為在美華人建立了虛構的『民眾記憶』」，這是一段獨特的「她者歷史」，是兩個相隔百年的「屬下」的聲音交織成的歲月旋律。其中的甘苦，「你」「我」自知。

四、一生簡短，筆若刀鋒

——弗蘭納里·奧康納《好人難尋》

在美國南部的城市，和一位當地的作家提起了奧康納。當時只是為了找個話題，以使得氣氛稍為熱絡一些。就像在南美和一個路人談論阿言德（Isabel Allende）一樣，是入境隨俗。他平淡地說，奧康納，可惜死得早。

字面上理解，奧康納的一生，確實極其短暫。弗蘭納里·奧康納生於美國喬治亞州，三十九歲時死於家族遺傳性的紅斑狼瘡。長期生活在死亡的陰影下，宗教力量自然成為她的精神支柱。某種意義上說，疾病或許限制了她的寫作格局，傳記作家布拉德·古奇（Brad Gooch）稱她的生活經驗「圍着房子和雞窩」。她因此不可能如她的前輩如福克納，對美國南方呈現出史詩般的勾勒。她對福克納愛恨交加，多半也出於衷心的欣賞，卻難以望其項背。奧康納曾數次在訪談中援引後者的作品，可見一斑。她接近對方的方式，也表現為將福克納的某些經典長篇定義為短篇小說集，比如《我彌留之際》（*As I Lay Dying*），顯然也出於其本人對短篇的鍾愛。事實上，美國南方的作家對彼此的評價的確極其微妙。奧康納不喜歡麥卡勒斯，也是出自本能的事實。大約因兩者齊名，同為女作家，寫作風格相似，並且皆為免疫性的疾病所困擾，壽數簡短。麥卡勒斯罹患內風濕多年，在五十一歲撒手人寰。

然而，在奧康納並不算傳奇的生命歷程中，有些重要意象，被放大並加以強調。像是一些定格的段落，成就了這位作家。當然，其中一些相關她個人的癖好。如養病期間她在喬治亞州的奶牛農場飼養的孔雀、她喜歡的樂隊「羅伊叔叔與紅溪牧童」（Uncle Roy and his Red Creek Wranglers），她總會不失時機地讓他們在小說中露個臉。當然更揮之不去的，是她自身的生命體認。其一是疾病所帶來的殘缺感。奧康納筆下的主人公，常常有着這樣那樣的病症或身體殘疾，如〈救人就是救自己〉中的獨臂人與智障少女，〈善良的鄉下人〉中失去一條腿的女博士，甚而〈聖靈所宿之處〉中的陰陽人。從這些被稱為南方哥特式小說的篇章中，你可以看到奧康納面向世界的不安全感，如此集中與粗暴地展現出來。對這些身體殘缺者，她的刻薄有如自戕。與此相關的，是她的作品中死亡意象的疊現。這些死亡多半與暴力相關，甚至於橫死。我首次讀奧康納時，震驚之餘，曾聯想到余華的《現實一種》，那種對死亡冰冷輕慢的毫不寬恕的態度。滅門、突如其來的槍殺、被拖拉機倉促輾過脊椎的屍身，紛至沓來。在出版了長篇《暴力奪取》（*The Violent Bear It Away*）後，《時代》週刊曾談及狼瘡對奧康納寫作的影響，導致了她本人的憤怒，亦無法否認此間的聯繫。當然與其經歷相關的，還有她對家庭母題的重視。儘管她對於「家」的詮釋，多半與溫暖無關。比如母女關係，母親的角色，往往是愚蠢、計算而自以為是的。

以上所談的種種，都可回到這本叫做《好人難尋》（*A Good Man is Hard to Find*）的小說集。奧康納曾因其暴得大名，甚而帶來「南方文學先知」的聲譽。對這本小說的評價，往往會聚焦在「邪惡」二字。就其行文而言，這是一種極易走火入魔的寫法。冷冽、乾脆，極少場景與人物的描寫，卻有着擲地有聲的節奏。她也因此受到過簡潔大師卡佛的稱讚。雖則這些文字背後，我總是看到一張陰鬱冷笑的臉，但仍覺得「邪惡」這個詞用得未免武斷。或許，這多少體現了對其閱讀感受無處安放的退而求其次。T.S. 艾略特（Thomas Stearns Eliot）曾對友人談及奧康納，除了肯定其「奇異的天賦」外，也抱怨道「我的神經不夠堅強，實在承受不了太多這樣的攪擾」。不言而喻，奧康納鍾情於暴露人類的惡行、道德的淪喪與敗壞。然而，我更感興趣的，並非所謂惡行本身，而是它得以釋放的土壤，即是「日常」。〈好人難尋〉一篇，故事脈絡頗為簡單。一個生活在佐治亞州的老太太與家人出遊，她內心一直在鬧彆扭。家人計劃去佛羅里達旅遊，但是老太太更想去田納西走親戚。雖然她表面上妥協，但一路上都在和家人鬥智鬥勇。事實上，舉家出遊的溫馨感是讀者想像中的假象。她的四個家人，兒子與兒媳的冷漠成了她喋喋不休的背景；而孫子與孫女，則以熊孩子的面目出現，與她言語中的針鋒相對，卻有種令人悚然的成熟感。老太太是個貌似篤信的基督徒，她表面上的虔誠與瑣碎構成了這篇小說的主調。與此同時，她是個內心戲很足的人。這些戲在日常的場景下，一點點釋放出她內心的「小惡」。當然她自己未意識到，這些會成為蝴蝶效應的毫末，導致舉家滅門的慘劇。小說開始不久，就談及她的虛榮。她在出行前精心地裝扮。「她穿一襲印着小白點的深藍色連衫裙，領口和袖口都滾着帶蕾絲的白色蟬翼紗，領口那兒還特意別一枝布做的紫羅蘭，裏頭暗藏一隻香囊。萬一發生車禍意外，過往行人看見她死在公路上，誰都能一眼認出她是位高貴的夫人。」在路途中，談及她對種植園的回憶，她可以引經據典，用了「隨風而逝」來彰顯自己的品味。說起昔日的追求者蒂加登先生，稱他「是一位地道的紳士，『可口可樂』汽水一上市，就囤下它不少的股票」。而在這個過程中，她始終在感嘆「人心不古」，並以她膚淺的世故，稱讚一個陌生人「你是個好人」。因為她想要探訪少女時參觀過的種植園，出於一瞬的自私而撒了謊，並利用孫子的好奇與頑劣逼迫行程改道；又因為記憶的偏差心虛失措，導致了車禍。在發現自己沒有大礙，她立即告訴兒子自己受了內傷以逃避責任。你會發現，她的每一點微小的積惡，都來自於庸常。於無聲處聽驚雷。如同文中「每隔幾分鐘就讓自己的呼嚕聲擾醒一次」的細節，有種讓讀者難堪的感同身受。劉瑜談及漢娜·阿倫特（Hannah Arendt）的專著《艾克曼在耶路撒冷》（*Eichmann in Jerusalem*），涉獵了「惡的平庸」這個話題：「當一個惡行的鏈條足夠漫長，長到處在這個鏈條每一個環節的人都看不到這個鏈條的全貌時，這個鏈條上的每一個人似乎都有理由覺得自己無辜。」事實上，在一個人的行為鏈條上，我們也在不斷麻醉與寬恕着自己，構成了小惡的積以跬步。

車禍後，老太太偶遇命案在逃犯「格格不入」（misfit）。她在一種荏弱而蒼白的邏輯加持之下，似乎理直氣壯面對這個普遍意義上的「惡人」。在「格格不入」依次槍殺了她的家人後，她仍絮絮叨叨地勸說其禱告，並且聲稱他「是個好人」，「要是你禱告的話，耶穌會幫你的」。而「格格不入」則稱「耶穌讓這個世界不平衡了」，繼而殺了她。布拉德．古奇這位曾經攻讀中世紀和文藝復興時期文學的專家覺得奧康納的小說也有「十三世紀」的特點：「粗俗的幽默，滴水怪獸似的臉孔和身軀，正面交鋒，暴力的威脅，還有最重要的一點：在恩典和意義推動的黑暗宇宙中對於靈性追求的一種微妙拉扯。」不難理解，奧康納的作品也因此受到指控，被某本天主教雜誌認定是「對《聖經》的粗暴否定」。奧康納自我辯護說，小說家「不應該為了迎合抽象的真理而去改變或扭曲現實」，因此她聲稱，「我的小說的主題就是：上帝的恩惠出現在魔鬼操縱的領地」。而與之相關的天惠時刻（moment of grace），在奧康納筆下體現為「暴力具有一種奇異的功效，它能使我筆下的人物重新面對現實」。

小說之外，我感興趣的是奧康納的一樁軼事。二〇一五年六月五日，美國郵政署發行了一枚奧康納的紀念郵票，票面三盎司。郵票上是奧康納求學時的照片，身後是四根孔雀翎。奧康納對孔雀的鍾愛一生未變，甚至寫過一篇文章〈百鳥之王〉（"The King of the Birds"），講述她飼養孔雀的經歷。冥冥之間，這篇文章可尋見蛛絲馬跡，有關她寫作觀及宗教觀的折射與譬喻。她在文章開頭說道：「我的追求，無論它事實上是甚麼，都到孔雀為止。是本能，而不是知識，把我引向牠們。」奧康納繁殖了一百多隻孔雀，但她的行為並未得到鄰里周遭的認同。「我發現，許多人天生就不能欣賞孔雀開屏的美景。有一兩次，他們問我，孔雀『有甚麼用』——我沒有回答，這是個不值得回答的問題。」其間她也提到與一個賣籬笆樁的人的對話，後者說到因為家庭的厭惡，不得不殺掉了自己養的孔雀，並且存放在冰箱裏備食。奧康納問他味道如何。「也沒比任何別的雞強到哪裏去。」他說。「但是我寧可把牠們堆着吃，也不願意聽牠們叫。」

｜代跋｜

文學行旅

談起文學翻譯，時常想起葛浩文（Howard Goldblatt）教授在舊年香港書展期間的一次發言。葛教授翻譯中國文學心得豐厚，其譯佳作既多，也常引起爭議，爭論焦點大約總在「譯」與「作」的比重之間。然而那次發言，他講到一個實例，甚可擊節。關乎畢飛宇的中篇《青衣》的頭一句：「喬炳璋參加這次宴會完全是一筆糊塗帳。」「糊塗帳」這個詞，在西方自然沒有對應說法，葛教授推敲再三，將之翻譯為「blind date」。所謂「blind date」，若用中文解釋，則是因為有第三方的介紹，讓沒有見過面的男女第一次約會。不知底裏，忐忑非常，與「糊塗帳」交集在於其中的模糊與微妙，內蘊無限可能。這好處便來自「譯」與「作」的恰當制衡，與其說是翻譯，毋寧稱之轉譯（二者在英文中皆可用 translation 一詞）。語言轉換之餘，亦將異語境拆骨重建，填入本土文化肌理，實現了對文本內質的有效移植。若說此類以讀者先導的翻譯家，中國出過著名的一個是林琴南。「不解西文，但能筆述」，可以一部《茶花女遺事》（*La dame aux camélias*）「蕩盡支那浪子腸」，是很見本事的。若說葛浩文的轉譯是隻字片語，那麼林紓則拋開「信達」，以整體敘事為單位，只求譯文與原作之間的雅而「神似」了。關於這一點，韓迪原對林有中肯的評語：「因為那時國人對整個西洋文明毫無認識，必得用東方已有的事物，去『附會』西方的觀念，像林譯所用的方式，才能達到早期溝通東西文化的任務。」

無論如何，林譯小說打開了國人觀看西方的一扇窗。中國新文化諸將，均曾為其譯作擁躉。儘管後者在日後新舊學之爭的水深火熱中，對林不留情面地口誅筆伐。「徵曲海之煙花，話松濱之風才」縱然是遊戲之小道，但說到底，林譯的好處，卻着實來自對中文與西境的精深融會。其與魏易合作完成斯托夫人（Harriet Beecher Stowe）《黑奴籲天錄》（*Uncle Tom's Cabin; or, Life Among the Lowly*），書前有「例言」：「是書開場、伏脈、接筍、結穴，處處均得古文家義法。」可見其「歸化」翻譯之體系所在，所謂「以西人材料，寫唐宋之事」。

筆者對翻譯的審美，頗欣賞所謂「入鄉隨俗」。猶記得早年讀哈代（Godfrey Harold Hardy）著《德伯家的苔絲》（*Tess of the d'Urbervilles*），苔絲之所以在我心目中，至今是個有聲有色、情緒飽滿的鄉下妞，張若谷先生的譯本功不可沒。小說中的「威塞克斯」（Wessex）方言，張譯用了家鄉的山東話來對應，算是神來之筆。有論者稱「多塞特郡方言最大的特點就是發音時舌頭的部位很特別，比如旁流音L，捲舌音R較多，通俗點說就是有點『大舌頭』，這恰與山東話捲舌的發音方法相對應。」就這一點來說，出身魯地的張先生算是得天獨厚，且隨選一句作例，「I felt inclined to sink into the ground with shame!」譯成「那陣兒把俺臊的，恨不得有個地縫兒鑽進去！」。一個「俺」和一個「臊」字，這姑娘的村勁兒，真個叫躍然紙上。也有稱張譯將苔絲言語勾勒得土俗，是拂逆哈代本意，以筆者觀則未必。章學誠《文史通義》中道：「記言之文，則非作者之言也，為文為質，期於適如其人之言。」其論恰可為張譯背書。及至後來讀宋英堂譯安妮·普魯（Annie Proulx）的小說，為了配合牛仔的粗野勁兒，將「sheep be damned!」譯成了「去他奶奶的綿羊！」，算是後來者的更進一步。當然，這種翻譯方式自然並非侷限於中西之間。頗具印象裏還有劉振瀛先生翻譯夏目漱石的《哥兒》（坊っちゃん），開頭便是鏗然一句：「俺爹傳給俺的蠻幹脾氣，使俺從小就沒少吃虧。」算是與其上異曲同工。夏目漱石本人對於西文的翻譯，倒是提倡含蓄與雅緻。據說有次他問學生，「I love you.」應該要怎麼翻譯？一學生答：「私はあなたを愛す。（我愛你。）」夏目漱石不以為然道：「不夠風雅，應該翻成：『月は綺麗ですね。（月色真美啊。）』才對。」可見，所謂「入鄉」，熱腔冷調，並無俗雅的一定之規。

以上是歷年閱讀譯作的隨想，此作筆錄。若說是一己的閱讀經驗，竟是從舊俄的小說。這來自我學俄文出身的父親的引導。因為個人的審美，他很重視所謂文字的精謹，首先選擇給我讀的是屠格涅夫（Ива́н Серге́евич Турге́нев）的小說。而讀的第一本，是陸蠡翻譯、麗尼校訂的《羅亭》（*Рудин*），也是因為這本書，我對俄國文學的最初印象並非是厚重與格局感，而是躊躇與延宕的痛楚。陸蠡的譯文素潔平樸，其中的節制，是很見功夫的。這本書是一九五〇年的版本，卷首附有斯特普尼亞克的長序。父親還藏有一本《處女地》，出版年份更前些。二書同源，據說早在一九三七年，當時尚年輕的巴金、麗尼和陸蠡曾在杭州西湖畔三結義，因由便是這套屠格涅夫選集。三人分工翻譯出版了六部長篇。最意猶未盡的大約是麗尼，此後又翻譯了契訶夫的劇作《伊凡諾夫》、《海鷗》和《萬尼亞舅舅》。及至其身後，遺物裏尚有一套俄文版《屠格涅夫全集》，可見其宏願未竟。

對年少時讀歐美文學的印象，總有些支離破碎。最記得的一本恐怕是安德森（Sherwood Anderson）的《小城畸人》（*Winesburg, Ohio: A Group of Tales of Ohio Small-Town Life*）。大約因為同期遵父囑讀了一系列的筆記小說，如《閱微草堂筆記》與《古今譚概》、《解頤》、《耳新》等等，頭腦裏似有一個卡片抽屜自動歸類，無論中西，便是異人異事，見乎日常。說起來，稍晚讀的《米格爾街》亦當屬此類。日後寫作《七聲》，默化潛移，方知得益於此。

如今想來，林林總總，此後長輩的閱讀訓示多半還是放在了「經典」二字上，中西皆然。因此對西方的譯文小說，接受得也算是規矩中正。

多年以後，忽然讀到《西方正典》（*The Western Canon*）一書。竟感覺哈羅德．布魯姆（Harold Bloom）如父執輩的化身。書中正言：「有甚麼堪與莎士比亞四大悲劇比擬？」以氣魄而論，老人家有橫掃一切的決心。二十世紀風靡西方的主流文學理論和批評，諸如多元文化論、新歷史主義、馬克思主義、解構主義、女性主義，籠而統之命名「憎恨學派」（school of resentment）。打着不同旗號的學派，都志在摧毀從前、摧毀歷史、摧毀經典。它們要做只有一條：「打倒西方的文學道統。」布魯姆視其為洪水猛獸，致力清理門戶。他開出的經典名單裏，莎士比亞前只有喬叟（Geoffrey Chaucer）與但丁（Dante Alighieri）二位。莎士比亞一句經典台詞「男人的發誓只會讓女人背叛他」，這句話說得十分俏皮。大多的分崩離析，都由堅壁清野開始。莎士比亞在自己的作品成為經典之前，也曾經拿十四行詩開過刀。其將悲喜劇熔為一爐的觀念，當時看來，也曾算是小不韙。而這份大師名單末端的貝克特（Samuel Beckett），二十世紀三四十年代的舞台革命者，又何嘗不是將「現代」的投槍，槍槍命中「莎」字型大小的古典主義戲劇的大旗。

離經叛道是一條危險的行旅，成敗一蕭何。這條路上出師未捷身先死者甚眾。當然也有聰明的人。名單上的博爾赫斯，從未以叛逆者自居，卻是很善於將自己特立獨行的身影隱藏於傳統之殼的人。他在一九三五年結集的作品《邪惡通史》（*A Universal History of Infamy*），在博氏作品的洋洋大觀中，是較少人提及的異數，卻又是不得不提的代表作。這是一部推理短篇小說集，涉獵此領域源於博爾赫斯對英國偵探小說傳統的熟悉。乍一聽無甚可圈點，但讀下來，這些短篇雖然套用老派的偵探推理的模式，內裏卻是博氏的文字精華。對幻象與真實、虛構與事實之間辯證互動的遊戲探索，再加上鏡子、迷宮、雙重人格等博爾赫斯經常運用的母題，共冶一爐。而直接以偵探小說造出佳境的，是愛倫·坡。由《莫格街謀殺案》（*Murders In The Rue Morgue*）的「密室作案」範式開始，愛倫·坡僅以六部短篇小說成就了偵探「杜賓」，更是將彼時歐美文學的戰鬥品性及時彰顯。柔性感傷不再，哥特式的審美崇高，以神秘化的外在敘事抵達：語言遊戲、邏輯遊戲和權力遊戲，成為考掘生命潛能的常規。再延伸至以《象棋少年》（*Acerca de Roderer*）而聞名的馬丁內斯（Guillermo Martínez），鍾情於毀壞智慧的故事。《牛津迷案》（*Crimenes Imperceptibles*）出版，輿論發現他成為一個以推理小說立世的作家，並不感到特別驚訝。與傳統推理不同的地方，在於馬丁內斯的作品不停地浮現出一種強烈的等待感。所謂真相，永遠是表演失之交臂的道具。真相的本身變得虛無，一次次與過程擦肩而過，最後筋疲力竭。它卻終於水落石出。《露西亞娜·B的緩慢死亡》（*La Muerte Lenta de Luciana B*）則將這種虛空擴張得無以復加。在類似復仇的階段性真相成為手段之後，真相終於隱而不見。

就文學的真實感而言，西方推理小說一直在與之抗衡與妥協。因為某種模式感（甚至儀式感）以及在敘事節奏上必須的等待與延宕，使得真實變為某種被切割與重組的元素。真實由此成為某種邏輯與秩序的附屬品。閻連科在《發現小說》中談及四種不同的現實主義文學形態，分別為：控構現實主義、世相現實主義、生命現實主義與靈魂現實主義。控構現實主義被定義為「控制的訂購與虛構」，其敘事模式的核心指向常被引申為意識形態的大背景，而其「真實」來源的基礎即為「權力」。我們由此做些推論。從某種意義上，這也成為推理小說達至真實的局限。「權力」在其中可延伸為「秩序」或「邏輯」，使得真實成為某種得以重複的「cliché」。所以，這類小說永遠無法成為所謂「perfect literature」。而這也正是某些作家致力打破的魔咒。博爾赫斯對於「對稱」敘事元素的運用與馬丁內斯創造有關真相的「意外」，都成為了推理小說「控構」的旁逸斜出之舉。而後者對前者的致敬，又是公認的。這也成為先鋒派包括中國小說家們企圖挑戰傳統的資源之一。比如余華的戲擬之作《河邊的錯誤》，一個瘋子作為兇手的出現，以非理性的意外打破了所有的秩序感，正當如是。

「世相現實主義在世界範圍內是最受歡迎的寫作之一種，是現實主義寫作中最易成功和最為安全的筆墨。」以有分寸的經驗主義作為基石，是獲得讀者的先決條件。共同經驗的複寫，有效地豁免了在邏輯推進方式上的苛求。世相寫作從某種意義上說，以「將心比心」的方式，贏得了讀者最為切實的代入感與認同。十九世紀歐洲小說，以此為大宗。簡・奧斯汀（Jane Austen）與毛姆（William Somerset Maugham），是其中的典型。毛姆的有意味之處在於，其聲名得益於對世相的精準描摹。然而，他也不止一次在作品中，表現出對世相經驗些微的背離立場。其有一篇不太為人所談論的短篇小說〈寶貝〉（“The Treasure”），寫一個男人與他的女僕之間的相濡以沫又若即若離。在一次意外中，他和他鍾愛的女僕發生了關係。當他第二天醒來，「有一種說不出的奇特感覺」：

> 他怎麼會做出這樣的蠢事呢？究竟是甚麼驅使他這樣做的？他是最不喜歡跟女僕糾纏的呀！這件事多麼丟人現眼！尤其是處在他這樣的年紀和地位。普里查德悄悄離開時他沒有聽到。他準是睡着了。他甚至不怎麼喜歡她呀。她不是屬於他所喜歡的那種女人，而且，就像那天晚上他所說過的那樣，他有些討厭她。甚至現在，他也只知道她姓普里查德，連她的名字叫甚麼都不知道。多麼愚蠢！往後的事情又怎麼辦？眼下真是進退兩難。顯然，他不能再留用她。然而，由於他們兩人的過失而解雇她，對她來說又極不公平。因為個把鐘頭的荒唐而永遠失去一個最好的女僕，這是多麼的愚蠢啊！

在上述段落中，毛姆將讀者最為喜聞樂見的「情愛」質地衝撞以心靈的糾纏。當故事在這樣的軌跡下，就要陷入一個庸俗的為人所司空見慣的結局，毛姆筆鋒一轉：女僕穿着「清晨慣穿的印花衣服」出現，「她拉開窗簾，隨後遞給他報紙。她的臉上毫無表情，看上去和往常一模一樣，就連行動也像往常那樣謹慎、俐落。她既不避開，也不有意搜尋哈林格的目光」，「她邁着徐緩、平靜的腳步，沉着的離開了房間。她的面孔像往常一樣顯得莊重、謙恭和呆板」。就是這樣一個人物以近乎扁平的性格，實現了與豐滿的「庸俗」的對抗。其間的真實感，更多來自於性格力量的強大，而非複雜的對於社會邏輯的承襲。以由因導果的角度而言，「尊嚴」的延伸力量，覆蓋了所有線性的細節鋪墊。所謂情節鋪演的「動因」，在這裏顯得尤為虛弱。

卡夫卡以降，二十世紀歐美文學表現出對於「因果」先決空前的漠視。「人」，可以隨時隨地變成一隻甲蟲或者別的東西。這種霸權逐漸從主題延伸至敘述的形式，作家在控制讀者的同時也在與讀者示好與共謀。或許我們會記得約翰·歐文（John Irving）在《新罕布什爾旅館》（*The Hotel New Hampshire*）那個突兀的開頭：「父親買熊那年夏天，我們都還沒出生。」也許我們都被撲朔的時間狀語所吸引，而忽略了中心語「出生」的意義。這也正是作者所希望的。歐文十分重視敘述與閱讀之間的鉚合，或者說，他將各種小說元素之間潛在的銜接與聲援，看作其書寫的重中之重。這些元素在讀者的記憶中，不斷地經受着敘述的磨蝕，有可能消隱字裏行間。而歐文卻以一種不經意的方式，依靠一些先聲奪人的意象，獲取了讀者的執着的注視。一頭熊的存在足以令我們的好奇在閱讀披荊斬棘，樂此不疲，而最終與作者的敘述不棄不離，共達彼岸。相較於前輩作家，歐文對於敘述密度的重視，無疑體現出他作為一個寫作者的「類閱讀」焦慮。有一種說法認為這與他曾經患有讀字困難症（dyslexia）有關，這使得他在寫作時更為感同身受於作為讀者的艱辛。這種代入感無形中造就了他的小說與傳統經典相異的格局，尤其是對於閱讀趣味的建構的重視。

當然，這幾乎也構成了當代作家的一種共識。小說的趣味與作者的價值觀在某種程度上得以交匯。同樣寫浮曳生姿的社交圈，卡波特《蒂凡尼的早餐》呈現出與現身十九世紀的《名利場》截然不同的氣質。這既來自對於主題重心的演化，也來自語言模式的選擇。或者說，兩者之間實際相輔相成。雷蒙德·卡佛的作品，在敘述上所標籤的極簡主義（minimalism），常被與海明威相提並論。然而，他小說中有一種刻意的

「忽略」特質，卻將其語言層面的浮表特徵覆蓋了。卡佛非常小心地不去進行闡釋性的表達，而代以暗示與隱喻。這使他的作品產生敘述與事件之間的斷裂感，乃至一些情節似乎在斷裂中被遺漏與非邏輯化。所有的感受也因為斷裂而變得隔閡，湮沒在各種瑣碎的日常表述中：「作家要有面對一些簡單事物，比如落日或一隻舊鞋子，而驚訝得張口結舌的資質。」事實上，卡佛的作品的確在瑣屑中走得很遠。特別是，他將對它的表達包裹在情愛與家庭關係的熱鬧外殼中，卻經常以不尋常的漠然收梢。他有一個極短的短篇小說〈小事〉（"Little Things"），在不同的出版物中，這篇小說的發表曾被卡佛幾易其名，如〈我的〉（"Mine"）及〈大眾力學〉（"Popular Mechanics"）。說的是一個出走的男人，面對他的女人最後的無理取鬧，所採取的冷漠態度。事件的重心，最後演變成對初生嬰兒的爭奪。但是，其間絲毫不存在任何的溝通。堅硬的對話成為了小說唯一帶有「動感」的元素，卻毫無言語的對接，使得小說的冷漠基調更為觸目驚心。正是這種對「日常」節制而又誇張的迷戀，令卡佛在描寫一些「總是不成功」的人時，可以作出近乎於其本人價值觀的歸納，「他們的生活，那些在他們眼前破碎的生活讓他們感到不安，他們希望做些糾正，但做不到，此後他們只能盡力而為」。而在經典中所標榜的「那些一度讓你覺得非常重要而為之而死的事情」，「已變得一錢不值了」。

同樣以風格簡促而著稱的弗蘭納里．奧康納，曾是中國先鋒文學圈裏被時常提及的名字，被稱為「邪惡的奧康納」。作為美國南方的鄉土作家代表，奧康納幾乎將所有我們對於人性的美好理想或是幻想一一摧毀。在不動聲色之間，尊嚴成為被一再強調與嘲笑的對象。刀鋒一樣的文字，彌漫着恐怖、荒涼與腐朽。有着天主教背景的奧康納出生在被稱為南方腹地「聖經地帶」的薩瓦那。她的小說對宗教母題念茲在茲，表達的卻非虔誠與皈依，而代之以毫不掩飾的懷疑。在她的筆下，所謂人的改變、暴力、卑劣，似乎都與宗教相關。在眾神退隱的年代，人以宗教的面目惡行其道。奧康納在書信中寫道：「我覺得所有小說都是關於信仰改變的。」「信仰」也的確成為理解其小說的另一個關鍵字，與之相關的卻是深重的缺失感，令我們對惡的現身無動於衷。如果以之為大前提，那麼帕拉尼克（Chuck Palahniuk）在九十年代的出現就是適逢其時。帕氏也在寫「惡」，而他的「惡」卻成為重新建構信仰的基石。「惡」的對立面是在消費主義極度膨脹的控制下，中產階級按部就班的生活態度與價值觀。「CK襯衫，DKNY的鞋，星巴克咖啡和微軟是生活中必不可少的。」而帕拉尼克要粉碎的也正是這些。他的筆下，這些猶如硬殼的東西桎梏中，精神無法脫穎而出。令其暴得盛名的《搏擊俱樂部》（*Fight Club*），堪稱後工業時代的怒吼之作。靈魂的麻木，必須以原始與古典的單打獨鬥來拯救。其間所蘊藉的反社會力量，更將信仰感的凝聚無限地擴張。帕拉尼克一手建立起精神烏托邦，一面冷眼旁觀，對其前景抱以冷笑。這體現在他不時流露出的虛無主義態度：「等打得筋疲力盡了，男男女女就去教堂結婚了。」所謂的救贖，不過是更深地陷入之前的迴光返照。在帕氏的作品中，卻以永恆的方式歌頌迴光返照。反常的意象成為司空見慣的常態情景。他淡定地寫暴烈凌亂的性、惡趣味以及違背人倫的大情小愛，寫得雲淡風輕、寵辱不驚。終於，帕拉尼克的作品也被稱為經典，從挑戰者的位置悠然滑落。然而，我們會記得《搏擊俱樂部》中那個徹頭徹尾的魔鬼泰勒的發言：「你不能到死的時候身上連道疤都沒有。」

曾經滄海，其心也安。且讀且記，一如行旅。

參考書目

· J.D. 塞林格著，李文俊、何上峰譯：《九故事》，北京：人民文學出版社，二〇〇七年。
· 伊恩 · 麥克尤恩著，潘帕譯：《最初的愛情，最後的儀式》，南京：南京大學出版社，二〇一〇年。
· 帕特里克 · 莫迪亞諾著，嚴勝男譯：《緩刑》，上海：上海譯文出版社，二〇一四年。
· 太宰治著，竺家榮譯：《斜陽》，上海：上海譯文出版社，二〇一六年。
· V.S. 奈保爾著，王志勇譯：《米格爾街》，杭州：浙江文藝出版社，二〇〇九年。
· 本哈德 · 施林克著，錢定平譯：《朗讀者》，南京：譯林出版社，二〇一二年。
· 斯蒂芬 · 茨威格著，張玉書譯：《昨日之旅》，上海：上海譯文出版社，二〇一〇年。
· 杜魯門 · 卡波特著，董樂山譯：《蒂凡尼的早餐》，海口：南海出版公司，二〇〇八年。
· 石黑一雄著，張曉意譯：《小夜曲》，上海：上海譯文出版社，二〇一一年。

• 亞歷山卓・巴瑞可著，葉子啟譯：《絹》，台北：皇冠文化出版有限公司，一九九九年。
• 帕・聚斯金德著，李清華譯：《香水》，上海：上海譯文出版社，二〇〇九年。
• 三島由紀夫著，唐月梅譯：《金閣寺》，上海：上海譯文出版社，二〇〇九年。
• 谷崎潤一郎著，陳德文譯：《陰翳禮讚》，上海：上海譯文出版社，二〇一〇年。
• 安伯托・艾柯著，殳俏譯：《帶着鮭魚去旅行》，北京：中信出版社，二〇一五年。
• 白先勇著：《台北人》，台北：爾雅出版社，一九九七年。
• 蔣彝著，阮叔梅譯：《倫敦畫記》，上海：上海人民出版社，二〇一〇年。
• 利利・弗蘭克著，李穎秋譯：《東京塔》，北京：中信出版社，二〇〇七年。
• 保羅・奧斯特著，文敏譯：《紐約三部曲》，杭州：浙江文藝出版社，二〇一二年。
• 湯顯祖著：《牡丹亭》，北京：人民文學出版社，二〇〇二年。
• 布萊克・克勞奇著，顏湘如譯：《人生複本》，北京：中信出版社，二〇一七年。
• 喬治・佩雷克著，丁雪英、連燕堂譯：《人生拼圖版》，北京：中信出版社，二〇一八年。
• 羅恩・拉什著，姚人傑譯：《熾焰燃燒》，北京：人民文學出版社，二〇一一年。
• 鍾曉陽著：《停車暫借問》，台北：時報文化出版企業股份有限公司，二〇〇八年。
• 黃碧雲著：《微喜重行》，香港：天地圖書有限公司，二〇一四年。

· 嚴歌苓著：《扶桑》，北京：人民文學出版社，二〇一五年。
· 弗蘭納里·奧康納著，于梅譯：《好人難尋》，北京：新星出版社，二〇一〇年。
· 哈代著，張谷若譯：《德伯家的苔絲》，北京：人民文學出版社，一九八四年。
· 安妮·普魯著，宋英堂譯：《近距離：懷俄明州故事集》，北京：人民文學出版社，二〇〇六年。
· 夏目漱石著，劉振瀛譯：《哥兒》，北京：人民文學出版社，二〇一七年。
· 哈羅德·布魯姆著，江寧康譯：《西方正典》，南京：譯林出版社，二〇〇五年。
· 威廉·薩默塞特·毛姆著，馮亦代等譯：《毛姆短篇小說集》，北京：外國文學出版社，一九八三年。
· 約翰·歐文著，徐雋譯：《新罕布什爾旅館》，海口：南海出版公司，二〇一九年。
· 雷蒙德·卡佛著，湯偉譯：《但我們談論愛情時我們在談論甚麼》，南京：譯林出版社，二〇一〇年。
· 恰克·帕拉尼克著，馮濤譯：《搏擊俱樂部》，上海：上海人民出版社，二〇〇九年。

筆下

文學經典的六個專題

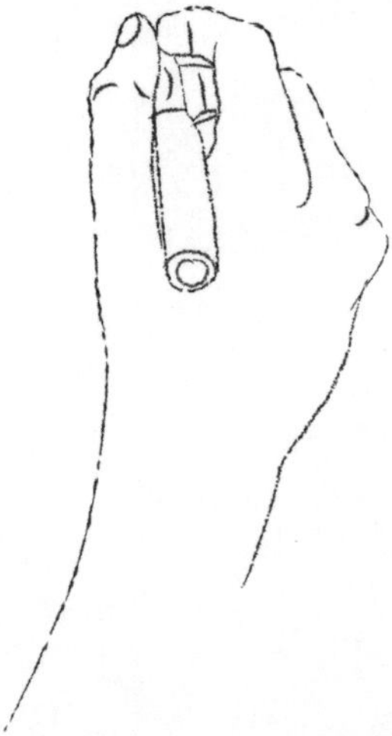

葛亮 著

責任編輯：張佩兒
裝幀設計：黃希欣
排　　版：賴艷萍
印　　務：林佳年

出版
中華書局（香港）有限公司
香港北角英皇道四九九號北角工業大廈一樓B
電話：（852）2137 2338　傳真：（852）2713 8202
電子郵件：info@chunghwabook.com.hk
網址：http://www.chunghwabook.com.hk

發行
香港聯合書刊物流有限公司
香港新界荃灣德士古道二二〇—二四八號
荃灣工業中心十六樓
電話：（852）2150 2100　傳真：（852）2407 3062
電子郵件：info@suplogistics.com.hk

印刷
美雅印刷製本有限公司
香港觀塘榮業街六號海濱工業大廈四樓A室

版次
二〇二〇年十二月初版

規格
三十二開（190mm×130mm）

ISBN
978-988-8676-81-1